義《ぎ》友《ゆう》　男の詩

浜田文人

幻冬舎文庫

義《ぎ》友《ゆう》

男の詩

昭和四十八年、神俠会《しんきょうかい》若頭の西本勇吉《にしもとゆうきち》が獄中で病死した。

三代目会長が闘病中のことで、神俠会の主流派、反主流派、穏健派の幹部は、空席となった若頭の座をめぐり、さらには四代目を視野にせめぎ合いを始めた。

組織瓦解の危機に、本家直系若衆の美山勝治《みやまかつじ》、西本組若頭の五十嵐健司《いがらしけんじ》、谷口《たにぐち》組若頭の藤《とう》堂俊介《どうしゅんすけ》の三名は、会長代行を務める松原宏和《まつばらひろかず》の主導の下に連携する。

しかし、藤堂が穏健派の高木春夫《たかぎはるお》事務局長を射殺したことで、もくろみは崩れた。

兵庫県警察本部は神俠会壊滅作戦を加速させた。

危機意識を強めた神俠会幹部らは、それぞれの思惑を胸に秘め、若頭補佐に就いて間もない青田一成《あおたかずなり》を若頭に抜擢《ばってき》し、組織の結束を内外に示した。

青田若頭誕生のあと、美山の弟分で、松原組若頭補佐の村上義一《むらかみよしかず》が服役をおえた。

昭和五十年の暮れ、三代目会長が逝く。

この物語は、その半年後から幕を開ける。

目次

主な登場人物

松原　宏和（65）神俠会　舎弟頭兼会長代行
青田　一成（54）同　若頭
五十嵐　健司（44）同　若頭補佐
美山　勝治（41）同　事務局長
村上　義一（32）同　松原組若頭補佐

藤堂　俊介（45）元・神俠会　谷口組若頭

中原　啓介（47）兵庫県警察本部捜査四課　主任

安野　寛（56）元・兵庫県警察本部捜査四課　課長

第一章　変わらぬこと

「誰が社長や。あほくさ」

カウンターにいる瘦軀《そうく》の男のひと言に、店内の空気が凍りついた。

神戸の歓楽街、東門のクラブに入ってきた中年男と、あまえ声で社長と呼んだママが、フロアの真ん中で動きを止めた。

「もういっぺんぬかしてみい」

「われ、どこの者や」

一瞬の静寂のあと、怒声が響いた。

中年男のうしろに控えていた男二人がカウンターへ突進する。

「おっ」

瘦軀の男が奇声を発し、立ちあがった。

しかし、彼が身構える前に、ドスが一閃した。

なにかが千切《ちぎ》れ飛んだ。

女が悲鳴をあげた。

やや遅れて、店内がどよめいた。

しかし、ほぼ満席の客の誰も、ホステスらも動かなかった。動けないのだ。皆が眼も口もまるくして、騒動を見つめている。

痩軀の男の顔半分が見る見る血に染まった。

左耳が削《そ》がれたのだ。

斬った男がドスを脇にかかえ、背をまるめた。

ぶつかる寸前、痩軀の男が右腕を伸ばした。

アイスピックが相手の脇腹に突き刺さった。さらに、それを捻《ひね》る。

うめき声が洩《も》れ、ドスがおちた。

「おどれ」

二人組の相方が咆哮《ほうこう》し、懐の拳銃をぬいた。

男と女の、ひきつった声が空気をゆるがせた。

痩軀の男が扉をめがけて走る。

拳銃を構えたときはもう、飛びだしていた。

二人の男が追う。

静まり返った店内のあちこちから息が洩れた。

店の支配人がカウンター端のピンク電話の受話器を手にした。

「待たんかい」

中年男が声を凄《すご》ませた。

「そやかて……」

ママが不安そうな顔で言った。

「よけいなまね、さらすな。デコスケは勝手に来よる」

デコスケとは関西の暴力団が使う警察官の蔑称である。

「うちが叱られます」

「俺がきっちり話したる。それよりあの男、どこのどあほや」

「よう知りませんねん」

ママの声はあきらかにさらなる不運を恐れていた。

「まあええ」

中年男が鷹揚《おうよう》をにじませて言い、支配人を手招きした。

「ここにおられるお客さんにレミーのボトルを一本ずつ進呈せえ。お詫《わ》びや」

時間稼ぎと、目撃者の足止めか。

奥のコーナー席で、五十嵐健司《いがらしけんじ》はそんなふうに思った。

恰幅のいい中年男は神俠会《しんきょうかい》若頭の青田一成《あおたかずなり》で、青田組の組長でもある。丸刈り頭に満月のような顔は赤子が見てもわかる極道面《づら》だ。どんぐり眼《まなこ》は狂気を湛《たた》え、団子鼻とタラコのようなくちびるは獰猛《どうもう》な土佐犬を連想させる。

青田はどこへ行くにも屈強の乾分《こぶん》を五、六人連れ歩く。店に同行した二人のほかにも数人が路上で待機していたはずだ。

痩せ犬は逃げきれないだろう。

そうとも思った。

青田が五十嵐の席にやってきた。

五十嵐は二年前に西本組の跡目を継ぎ、同時に、神俠会若頭補佐に就いた。

「えらい楽しそうに見物してたのう」

「自分のでる幕はありませんでした」

「それでも、すこしは心配面を見せんかい」

青田が葉巻をくわえる。

マッチを擦るママの顔には不安の色が濃く残っていた。

「ここにいてええの」

「俺がなにをした。指図もしてへん」

「けど、おまわりさんが来たら、いろいろ訊《き》かれます」

「なんぼでも相手したる。証人もぎょうさんおる」

青田の声がおおきくなった。客の耳を意識しているのだ。

「それより、ちょっとのあいだ、席をはずせ。五十嵐と話がある」

ママがホステスたちをうながし、腰をあげた。

二人きりになると、青田が顔を近づけた。

「あさっての定例会は頼む」

「なにを頼まれるのですか」

「口うるさいおっさんらが、俺をつるしあげる気らしい」

青田は、私的な場所では神俠会執行部の古参連中をおっさんと呼ぶ。

執行部は、青田若頭と松原宏和《まつばらひろかず》舎弟頭兼会長代行を両輪に、若頭補佐と事務局長の八名で構成されており、五十四歳の青田、四十四歳の五十嵐若頭補佐と四十一歳の美山勝治《みやまかつじ》事務局長のほかは六十歳を超えている。

ひと月に一度、執行部が定例会を持ち、さまざまな問題や方針について話し合う。

「そうされる覚えでも……」

「あるかい。皆、俺を妬《ねた》んでるのや」

「気のせいでしょう」

「そうやない。ええか。俺は全会一致で若頭に推されたんや。いまになって、俺を引き摺《ず》りおろそうとしても、そうはいかん。この二年、俺は骨身を惜しまず神俠会に尽くした。二万人や。俺が若頭になって五千人も増えた」

それはあなたの功績ではなくて、神俠会の代紋のおかげです。

五十嵐はそう言い返したいのを我慢した。

青田がなおもまくし立てる。

「なにが気に入らんのか、ちかごろは俺のやることなすことに反対しよる」

「強引すぎるのと違いますか」

「なんやと」

青田が太い眉をつりあげた。

「俺は、精一杯おっさんらの顔を立てとる。どこが強引なんや」

「福岡の九条《くじよう》組との縁談……そんなうわさが聞えていますが」

「それがどうした」

「ほんまのことですか」

「前向きに進めてる」

「ほな、そのことで先輩方の気が立っているのかもしれません」

「なんでや」

青田が不快を露《あらわ》にした。

だが、もう退《ひ》けない。五十嵐は臍の下に力をこめた。

「かつては若頭も拳銃《チャカ》をむけた相手……ぎょうさんのゼニを注ぎ、大勢の身内が血を流した。先輩方にとって、九条組や山口の陽道会《ようどうかい》は怨念の仇敵です」

「わかっとる。けど、今回の縁談は九州を束ねる九条組の組長が持ちかけてきた。神俠会若頭の俺と四分六の兄弟縁を結びたいとな。五分の兄弟盃なら蹴っとるわ」

「若頭が四代目になると見込んでの策略かもしれません」

皮肉をこめたつもりだったが、青田はまんざらでもない顔を見せた。

五十嵐は間を空けなかった。

「執行部で反対されても、押しきるつもりですか」

「おまえも……反対か」

丸顔がさらに接近した。

五十嵐は、さぐるような眼光を受け止めた。

しかし、視線をぶつけたのは数秒のことで、五十嵐が先に視線を逸《そ》らした。眼の端で見知りの顔を捉えたからだ。

兵庫県警察本部捜査四課の中原啓介《なかはらけいすけ》警部補が青田の正面に座った。

「まだおったんか」

「悪いか」

青田が鼻をゆがめた。

中原が薄笑いをうかべ、自分でスコッチの水割りを作った。

フロアでは中原の仲間が乱闘現場の検証や客への聴き込みを始めている。

中原がグラスをあおってから視線を戻した。

「あんたに咬《か》みついたのは栄仁会《えいじんかい》の若衆らしい」

「それがどうした」

「乾分どもは野郎をとり逃がしたようや。ここに入る直前に無線で連絡があった。栄仁会の事務所近くで発砲事件がおきたと……すぐにやめさせろ」

「おまえの指図は受けけん」

青田がつっけんどんに返し、視線を五十嵐にむけた。

瘦軀の男が逃走したと聞いて血がのぼったのか、顔は真っ赤に染まっている。

「俺は消える。このめざわりなおっさんの相手をしてやれ」

五十嵐は、青田が消え去るのを見届けたのち、中原を見据えた。

「変わらんな」

「なんのことや」

「神俠会を引っ掻きまわすのは……趣味か」

「あほぬかせ。親切で教えたんや」

「藤堂《とうどう》の事件にかかわったさいも、おなじ台詞《せりふ》を吐いたようやが」

「あれは……忘れた」

「勝手な男や」

声に侮蔑をにじませた。

「俺は悪運だけで生きてる」

中原が平然として言った。

「たいした悪運や。俺は、あのとき、あんたのクビが飛ぶと思うた。しょうもない大昔の出来事を暴きだし、それを藤堂にささやいた」

いま思いだしても向かっ腹が立つ。

神俠会若頭の西本《にしもと》が病死した半年後のことであった。

執行部の面々が、病床の三代目会長を視野に入れながら、若頭の座を、さらに上のてっぺんの座を睨《にら》んでの、虚々実々の駆け引きをしているさなかに事件がおきた。

谷口《たにぐち》組若頭の藤堂俊介《しゅんすけ》が、事務局長の高木春夫《たかぎはるお》を射殺したのだ。

法廷での藤堂は、神俠会の内部事情とは一切関係なく、姉を自殺に追い詰めた高木への復讐のために殺したと言い張った。

藤堂に姉の自殺の背景を教えたのが中原であった。

五十嵐は、いらだちを煙草でまぎらわした。

「なんで若頭の神経を逆撫でした」

「栄仁会は百人たらずの組とはいえ、神戸の老舗《しにせ》組織で、会長の西田仁《にしだひとし》は七日会の最高顧問や。事を荒立てれば面倒がひろがりかねん」

「それだけか」

五十嵐は語気を強めた。

七日会は反神俠会系の暴力団で構成される親睦団体で、一枚岩とはいえないが、神俠会に対してそれなりの抑止力は効いている。

七日会の理事長は陽道会の吉岡俊夫《よしおかとしお》で、九条組の九条志郎《しろう》は吉岡と兄弟関係にある。

五十嵐は、青田と九条の縁談のうわさを耳にしたとき、吉岡の存在が気になった。

その疑念が栄仁会の名に触発されてふくらみだした。

「なにが言いたいねん」

「とぼけるな。九州の九条組の動きは察してるやろ」

「神俠会との縁談話か」

「その背景を教えてくれ」

「青田に訊かんかい」

「若頭はむこうからの申し入れやと言うが、ほんまなんか。これまでうちを眼の仇にしてきた九条組が手のひらを返すとは信じられん」

「戦争してる時代やないということやろ。実際、青田はあちこちと兄弟縁を結んで、平和外交を進めてるやないか。世のなか、平和なほうが俺の仕事も楽になる」

「ぬかすな。藤堂をけしかけ、神俠会の内紛を煽ったやないか」

「あれは本部長の謀略や。その点、後任は事なかれ主義でええわ」

「ご託はいらん。知ってる情報を教えろ」

「むりやな」

五十嵐は顔をしかめた。

中原のとぼけ面を見ているだけで胸くそ悪くなる。その思いは藤堂の件でさらに強くなった。それでも中原を無視することも邪険にすることもできなかった。

中原は、昭和四十一年に捜査四課が新設される前から暴力団を相手にしてきた刑事で、とくに神侠会の裏事情に精通している。神侠会の幹部や直系若衆と称される組長連中は、それぞれが独自に県警本部の上層部や捜査四課の刑事らとつながっている。

五十嵐も、先代の故西本勇吉《ゆうきち》の縁を継ぎ、捜査四課の安野寛《あんのひろし》課長と親密にしていた。その安野が一年前に定年退職したあとは複数の刑事をかかえたけれど、信頼の面で安野には遠く及ばず、情報の量や精度の面で中原にはかなわない。

中原がグラスを空けた。

「青田に手を焼いてるんか」

「応えられん」

「青田は本気でてっぺんを狙うてるみたいやな」

「しゃかりきになろうと、思いどおりにはいかん。跡目は三代目の一周忌法要まで白紙にする。それが執行部の総意や」

「法要を仕切ったやつが四代目になるわけか」

「知るか」

「誰がなろうとかまわんが、穏便に決めてくれんと、俺らが忙しくなる」

「働くのがいやなら情報を吐け」

「俺とおまえ、いつから仲良しになった。俺はつるんだ覚えがないぞ」

「誰になら喋る。松原代行か。それとも、美山か」

「どっちも苦手やな」

「相棒の人脈も引き継いだのやないんか」

中原は同僚の長内次郎《おさないじろう》と二十年近くコンビを組んでいたのだが、一年前に長内が姫路署の刑事課長に就いたことで離れ離れになった。昇級試験を受ける意思のない中原は捜査四課の主任のまま現在に至っている。もっとも、二人の関係はそれ以前から冷《さ》めていたようで、それが藤堂の事件で決定的になった。

「あいつの人脈はいらん。どうせ俺ははぐれ鳥や。あいつのように器用には生きられん。かというて、ひとりの極道者にも、ひとつの組織にも寄りかかろうとは思わん」

「藤堂がおらんようになって、ますます気の休まる場所を失《な》くしたか」

「それを言うな」

中原が額に横皺《よこじわ》を走らせた。

五十嵐にはさみしそうな顔に見えた。

「どうや。俺が相手してやろうか」

「どういう風の吹きまわしや」

「じつを言うと、俺もあんたと似た気質らしく、おかげで警察の情報にうとい」

「おまえの警察ぎらいは知ってるが、やめといたほうがええ。今度はおまえの疫病神になるかもしれん」

藤堂のことが堪《こた》えているのか。

その言葉は咽《のど》に留《とど》めた。

勝手気ままに生きようと、人はどこかで悔いを残す。痛みを感じなくても己の心に疵《きず》をつけ、ふとふりむいたとき、覚えのない影の存在に気づいて、ぞっとすることもある。

西本が生きているうちはそんなことは考えもしなかった。

故郷を捨てたあとは、東京、名古屋と西下し、つぎにむかった神戸駅で手配師に声をかけられ、おんぼろトラックで運ばれた先が神戸港だった。

その日の飯にありつき、雨露をしのげたらそれでよかった。過酷な労働と安日当に不満すら覚えず、先の人生を思うこともなかった。

ふらりとでかけた三宮《さんのみや》の闇市で西本に遭遇したのが極道者になったきっかけだが、心の晴れるような、血が騒ぐような出会いだったわけではない。

――とりあえず、めし食おう――

そのひと言が五感に沁《し》みた。赤の他人に馳走する者がいるのにおどろいた。

あのころは誰もが皆、自分と家族が生きぬくことに汲々《きゅうきゅう》としていた。

他人におごるカネがあればすくなくとも明日は生きられる。

そう考えるのがあたりまえの時代だった。

記憶の蓋が開きかけたとき、中原の声がした。

「美山とは遊んでるのか」

「たまに山へ行く程度や」

神戸の極道者はゴルフ場を山と呼んでいる。

「美山がどうかしたんか」

「ギイチがさみしがってる。最近は美山から夜の誘いもないそうな」

ギイチとは、松原組の若頭補佐、村上義一《むらかみよしかず》のことだ。

村上は神戸港の労務者を束ねる組頭だった十八歳のときに仕事上の面倒から人を殺《あや》め、出所後に兄貴と慕う美山に拾われ、美山組舎弟になった。それから二年を経て、村上の将来をおもんぱかった美山が松原組に若衆として預けた。

三年前に自分を襲った殺し屋と銃撃戦をやり、傷害と銃刀法違反で起訴され二年半の服役を勤めた。ふたたび出所したのは一年前のことである。

「あんたの相手をしてくれるんはギイチだけか」

「まあな」

中原が口元をゆがめた。

「しばらくギイチに会《お》うてないけど、元気にしてるか」

「あいつも三十二……いまが働き盛りやが、まだ極道者の面になりきれてへん」

「俺はどうや」

「どうした。きょうのおまえは変やで」

五十嵐が応える前に中原が席を立ち、部下と言葉を交わして戻ってきた。

「おまえの頼みは調べてみる。わかったら、ギイチと三人でめしでも食おう」

「おう。何でもおごったる」

「ええのう」

中原がニッとして去ったあと、二人のホステスが両脇についた。

店内に活気が戻り、五十嵐もくつろいだ。

青田組と栄仁会の面倒に気を揉むつもりはさらさらない。

庭の一角にある棚はあざやかな緑の葉と薄紫の花穂に包まれ、そのわずかな隙間からこぼれおちる初夏の陽が幾筋もの光の柱を立てている。

美山には、藤の花穂が葡萄《ぶどう》の実のように見える。

いまもなお縁を紡いでいられるのはこの庭のおかげだ。

ここを訪れるたびにそう思う。

神戸の高台にある大倉山の松原宅に来ている。

松原は、客人との距離感によって応接室と居間を使い分けており、親しい客は四季ごとに変化する庭に面した居間にとおす。

松原が姿をあらわし、単衣《ひとえ》の裾を払って胡坐《あぐら》をかいた。

「青田組の若い者が栄仁会の金子《かねこ》とかいうはねっ返りを追いかけとるそうやな」

「あいかわらずの地獄耳ですね」

「おまえが朝っぱらから電話をよこすのは面倒がおきたときや。で、思いつくまま、あちこちに電話をかけてみた」

時刻は午前十一時になるところだ。相談があると連絡して二時間が過ぎている。

「些細な喧嘩やないか。おまえがでしゃばることもないやろ」

「そんなつもりはないのですが、きのうの深夜に土井《どい》が訪ねてきました」

「栄仁会の若頭か。おまえはあいつと仲がええのか」

「金融トラブルのちょっとした捌《さば》きで土井と手を組みまして……それ以来、ちょくちょく遊ぶ仲になりました」

「土井の相談は手打ちの条件か」

「それが、一方的な要求には応じられんと」

「ほう」

松原の眼が光った。

「お互い怪我人がでたようやから気持ちはわかるが、状況を聞くかぎり、青田の面子《メンツ》が潰されてる。すくなくとも五分の和解はむりや」

「土井もそのへんのことは承知しているのですが、付帯条件が気に入らんようです」

「なんや、それ」

「青田さんと福岡の九条組長との縁談はご存知ですね」

「ああ。五日前に、めずらしく青田がここにきて、そういう話があるのでよろしく頼むと頭をさげよった」

「伯父貴はなんと」

「生半可な返事はできん。わいの一存でどうにかなるものでもない」

「あしたの定例会でその話があるのですか」

「青田は根回しのつもりで会いに来たんやろが、きのうの騒動があるからな。そんなことより話を戻せ。付帯条件とは何や」

「青田さんは、九条との縁組の推薦人に名を連ねろと迫ったそうです」

松原がうなずき、なにかを得心したような表情になった。

それに誘われるように、美山は胸のうちをさらした。

「妙な条件と思いませんか。それも、事件からたった二時間後の話ですよ」

「いろいろとお家の事情があるんやろ」

「青田さんに……それとも、九条のほうにですか」

「九条と陽道会の吉岡との仲は知ってるな」

「ええ。若いころ刑務所のなかで盃を交わした兄弟分とか」

「今回の縁談は九条が吉岡の窮状をみかねてのことやと思う」

「吉岡の窮状とは何ですの」

「陽道会は存亡の危機に直面してるようや。もともと陽道会は神俠会の攻撃から身を護《まも》る目的で瀬戸内の幾つもの組が集まってできた団体や。平和になったいま、自前の組織を持つ古参連中が元の形に戻そうと動いてるらしい」

「吉岡がうちの遠縁になれば、よけい亀裂が深まるのと違いますか」

「深まっても、割れん。吉岡と九条の連合軍でも脅威やのに、その背後に神俠会の代紋が見えていたら、独立したかて枕を高《たこ》うして眠れん」

「七日会のほうはどうなります。吉岡は理事長ですよ」

「そやさかい、吉岡は九条を前に立てた。九条は七日会に入ってない」

「それでも、七日会は揉めますやろ」

「九条の独断ということで押しきればなんとかなる」

「吉岡と栄仁会の西田会長は仲が悪いと聞いていますが」

「そのへんの不安があって、青田は栄仁会をとり込もうとしてるんやろ」

「縁談の邪魔をさせんようにですか」

「それもあるが、栄仁会の会長を推薦人に立てれば吉岡の影を薄められる」

「そこまで考えてますのか」

「さあ」

松原がさらりと返し、顔を庭へむけた。

美山も視線をやった。

静かな庭でモンシロチョウが遊んでいる。藤の花に止まりかけては中空を舞い、やがて池の傍《かたわ》らの石燈籠《いしどうろう》に羽を休めた。

「のう、美山」

松原の声がして視線を戻した。

「おまえが吉岡の立場ならどうする」

「えっ」

声が詰まった。いきなり切っ先を咽元へ突きつけられたように感じた。

松原が畳みかける。

「己の組織が空中分解しかけたとき、どんな手を打つか、訊いとる」

たじろぎながらも口をひらいた。

「まずは結束を謳《うた》います。分裂すればまた他所《よそ》の組織との抗争に神経を遣うはめになるし、かつての身内どうしで命《タマ》の獲《と》り合いになる恐れもあります」

「あいかわらずあまいのう。が、まあええ。それでも古参連中が我を張ったら」

「音頭とりを殺《や》ります」

松原が意外そうに眼をまるくした。

美山はむきになった。

「自分は伯父貴に育てられた男です。決断したあとはためらいません」

眼と声に力をこめたのだが、松原はまったく反応しなかった。

あたりまえのことをほざくな。

松原はそう言いたそうな顔をしている。

美山は、己の器量を試されたような気がして、話題を逸らしたくなった。

「土井の話はどうしましょうか」

「やつがおまえのところへ来た理由はなんや。仲裁を頼まれたんか」

「いいえ」

「なら、ほうっておけ」

「そう言われましても……」

「栄仁会の魂胆は見え透いてる。神侠会の内部情報をほしがってるのや」

「伯父貴は西田会長と親しくされていますね」

「囲碁のライバルや。西田は七十になるが耄碌《もうろく》はしてへん。しっかり算盤《そろばん》も弾ける」

「今回の件ではどう弾きますの」

「うちの執行部が青田と九条の縁談に難色を示すようなら突っぱねる」

「けど、縁談がまとまりそうなら、諦めて青田さんの条件をのむと」

「強情を張ったら、己の土台がぐらつく」

「そんなことでええのですか」

「極道者としての筋目の話か」

「はい」

「ほな、訊くが……栄仁会が和解の条件をのんで青田組に接近したら、おまえは土井との縁を切るんか」

美山は咽を鳴らした。

それとこれとは話が違うと声になりかけた。

言えば、たちどころに怒声が飛んできただろう。

「平和共存はおまえの信念やろ。死んだ者の悪口を言う気はないが、何でもゼニの力に頼った高木を、おまえは泥水をのまされても、己の信念だけで支えたやないか」

「最後は……」

声が沈んだ。

口にするまでもなく、松原なら自分の胸のうちを読んでいる。

美山は松原組の出身で、三十歳のときに神俠会の直系若衆として盃を直した。

そのころの美山は、西本組若頭だった五十嵐と元谷口組若頭の藤堂とならび、神俠会の次世代を担う若手三羽烏のひとりと目されていた。

しかし、美山の胸中は不安にみちていた。

出世の代償はおおきかった。松原との親子縁が切れた不安は、神俠会の看板組織のなかで順調に成長する五十嵐や藤堂への対抗心を煽った。

熟慮の末に、主流派の五十嵐、反主流派の藤堂とは一線を画し、穏健派を束ねる高木組組長の高木春夫との接近につながったのだった。

あれは藤堂が高木を射殺する十日前のことであった。松原に声をかけられ、自分と藤堂、五十嵐の三人が南紀の白浜温泉に集まった。

五十嵐の西本組二代目襲名を機に、藤堂を本家の直系若衆としたうえで、三名揃って関東の同業者と縁を組ませ、しかるべき時期に三名のうちの誰かを若頭に推挙する。

松原は、毅然として、だが清々《すがすが》しさをも感じさせる態度でそう断言した。

五十嵐は、縁組の相手にこだわったものの、松原の計略に乗った。

藤堂は、まったく意見を言わずに従った。あとでわかったことだが、あのときはすでに高木暗殺を決意していたのだ。

渡世の親へ忠義のかぎりを尽くしていた藤堂がその親に相談せず応諾したのは、自分と五十嵐への餞別だったようにも思える。

美山も異を唱えなかった。

あのころ、美山の胸裡には野望と不安、本音と建前が、複雑に絡み合っていた。

それをほぐしてくれたのは松原の背中だった。

五十嵐と藤堂が到着する前に入った湯場で、ひさしぶりに松原の背を流した。

松原組の若衆だったころ、松原のうしろから刀傷や銃創にふれては心を躍らせた。その感傷が胸の靄《もや》を払った。

美山は話を変えた。

「自分は平和共存など願っていません。神俠会のなかでの和を大事にしたいと」

松原の眼光が増した。

「いまの青田のやり方は気に入らんのやな」

「伯父貴はどう思われてますの」

「わいの考えなど、どうでもええ。極道者としての松原宏和はもうじき消える」

「またそんなことを……伯父貴の引退発言は何度も聞かされました」

「そうやのう。三代目が元気になられるか、西本が娑婆《しゃば》に帰ってくるか。五十嵐と藤堂とおまえの三人の誰かを若頭にするのが最後のお勤めと思うていたときもあった」

「まだ辞めたらあかんと……神様が言うてますねん」

松原の顔にかぞえきれないほどの皺ができた。六十五歳になる。老いは隠しようがないけれど、眼の光は昔のままである。

その眼に惹かれて松原の乾分になった。十八歳のときだった。

ひとしきり笑顔を見せたあと、松原が表情を引き締めた。

「今度こそ……なにがあっても引退する」

「いつです」

「三代目の一周忌法要を執り仕切る。そのあと、松原組を解散する」

「解散……ですか」

「そうや。松原組は一代かぎり。代紋はわいが墓場に持ってゆく」

「若衆はどうなりますの」

「友定《ともさだ》が自前の組を立ちあげる。それに反対するやつなど、うちにはおらん」

友定彰《あきら》は松原組の若頭である。友定の忠義心は半端ではない。松原が本家の若頭補佐から舎弟へ盃を直したとき、三代目から直系若衆への昇格を打診されたのだが、自分の親は松原ひとりと大見得を切ったのはいまも語り草になっている。

「ギイチは」

「本人しだいやな」

「あいつの気質なら伯父貴に下駄を預けると思います」

「引退して死ぬのを待つ男に若者の将来は決められん」

「友定の考えもあります」

「あってもギイチには強要せん。友定は情に厚いし、極道者の筋目を心得てる。けど、やつは神俠会のてっぺんに立てる器やない。それは本人がようわかっとる」

「それでも、ギイチは己の意志を殺します」

「おまえもギイチも不器用でいかん。ギイチのやつ、松原組のためならおまえの命を獲るのもためらわんとぬかしたことがある」

「自分にも……自分が刑務所からでてくるときは防弾チョッキを着てろと」

松原が苦笑した。

「あいつは心底おまえを慕《しと》うてる。死ぬまで縁は切れん。おまえもそう思うやろ」

応えられなかった。代わりに、吐息がこぼれでた。自分と松原、村上と自分の関係はよく似ている。だが、それでも村上との縁が切れるときが来そうな予感がある。

「ギイチはおまえが相談に乗ってやれ」

「そのときになったら話します。それよりも、引退を考え直して……」

松原が手のひらを突きだした。

「この歳《とし》になるとまわりのやつらの、心の顔が見えてくる。代わりに、己の心の風景がぼやけてきよる。それもこれも、わいに潔さが欠けてたせいや。認めたくはないが、いまもみっともない欲が残ってる。それを断ち切るには松原組を消すしかないのや」

「欲はふくらませたらよろしい」

松原がゆっくりと首をふる。

「はっきり言わせてもらいますけど、青田さんの暴走を止められるのは伯父貴だけです」

「成長してへんのう」

「はあ」

「おまえと五十嵐の仕事や。おまえ、五十嵐とうまくいってないのか」

「そんなことはありません。五十嵐がてっぺんに立つのなら……そんな気分に……」

「どあほ」

松原のだみ声が響いた。

「おどれの小指が泣くぞ。なんのために指をおとした」

美山はくちびるを噛んだ。

膝にあてがう左手は異形《いぎょう》だ。普段は忘れているが、ゴルフをやるたびそれを実感する。ここ一番での勝負でいつもしくじるのは小指が欠けているからだ。渾身の力が小指の先から抜けおちて、バランスを崩してしまう。

四年前、二人の暗殺者が松原を襲った。松原の乾分の反撃で暗殺者が射殺されたこともあって真相はあきらかにならなかったけれど、松原暗殺の絵図を描いたのは、その二年後に殺された高木春夫である。高木は、念願の執行部入りを松原に拒まれた怨念から、松原組の内紛を焚きつけたあげく、松原本人と村上の命を狙った。

その謀略は美山の与り知《あずか》らぬところで進められた。

事件がおきてしばらく、美山は激怒し、悩んだ。高木との連携を悔いもした。

だが結局、執行部による聴聞では真実を語らなかった。自分がてっぺんをめざすには高木と穏健派の足場がどうしても必要だった。

それに、吐いた言葉を拾って仕舞えるわけがない。恩義を抱く松原にむかって、組織の和のなかで高木と連携していく、と啖呵《たんか》を切っていたのだ。

一刻も早い事態の沈静化を図った執行部は、高木が松原組への内政干渉を認めたこともあって、松原と高木の和議を調停した。松原にしてみれば暗殺事件の真相を棚上げしたままでの和議は屈辱だったが、会長代行の立場として受け容《い》れざるをえなかった。

高木は松原組に五千万円の慰謝料を支払い、事務局長補佐を務めていた美山は、誰に指図されたわけでもなく、連帯責任を負って己の指を切断した。

「のう、美山」

松原のおだやかな声に、肩の力がふっとぬけた。

「五十嵐と仲ようせえ。二人で神俠会を束ねろ。てっぺんに立つのはひとりやが、そのときはそのときや。運がよければ二人ともてっぺんに立てるかもしれんし、悪ければ二人して谷底に堕《お》ちるかもしれん。生きているかぎり、人生に結末はないのや。そやさかい、自分からのぼるのを諦めたらあかん」

「……」

「高木とつるんでいたことは忘れろ。おまえを臆病者になったとか、出世欲の亡霊に憑《つ》かれているとかぬかすやつもおるが、わいは違う。おまえの本性はよう知ってる。臆病になれるのも、辛抱できるのも、性根が生えてるからや」

「あのとき……」

ためらう心を松原の眼が咎《とが》めた。

美山は背筋を伸ばした。

「自分ら三人の誰かを若頭にすると……あれは本音でしたか」

「誰かやない。美山若頭、若頭補佐の筆頭に五十嵐……それがわいの絵図やった」

ありがとうございます。

美山は眼で礼を言った。

松原が話を続ける。

「けど、青田を推したときとおなじで、若頭が四代目への約束手形やない。あのときもいまも、はっきりしてるのは、いずれ五十嵐が神俠会のてっぺんに立つことや。主流派のプリンスやさかいな。おまえを若頭にしたかったのはバランスをとるためやった」

「ハンデですか」

「不満か」

「ゴルフでハンデをもらえば、自分が格下なのを認めたのとおなじことになります」

「くだらんことを……ハンデはそれを克服するためにあるのや」

「では、藤堂はどうされるつもりでした」

「どうもせん。というより、友定に似て、他人に言われてどうこうなる男やない」

「藤堂が娑婆に戻ってきたら、破門は解けますのか」

「谷口が盟友の大村《おおむら》を説得して青田の若頭昇格を認めさせたのは、藤堂が復縁できるよう道筋をつけるためやった」

「青田さんはその条件をのんだ」

「暗黙の了解というところかな。それが証拠に、谷口組はいまも若頭が不在や」

「なるほど」

「五十嵐も、青田に相談されて、復縁を進言したそうな」

「あいつが……」

「派閥の溝があろうと、おまえら三人の縁は簡単に切れるものやない」

「自分は、二人とは違います」

「どう違う。死んだ西本と五十嵐。谷口と藤堂。わいとおまえもおなじやないか。五十嵐や藤堂と違うのは、おまえに友定いう兄貴分がおったことや」

また心がふるえだし、膝にあてる手に力をこめた。

松原組若衆から本家の直系若衆へ盃を直して十年が過ぎた。

松原の強い推挙によるものだと聞いている。当時、その松原の真意を読みかねた。極道者としては異例といえる若さでの出世ではあったが、胸のうちには、その喜びと、親と慕う松原に捨てられた哀しみが同居していた。

兄弟分の友定を憎みもした。友定が三代目の打診を受け容れていれば、自分が松原組の若頭になれた。そんなふうに思った時期もある。

己の体内にそっと息づく野望に気づいたのはずっとあとだった。

孤独感が野望へ変身したのかもしれないが、気づくまでに多くの歳月を要した。

それほどに、松原宏和の存在がおおきかったということだ。

「そろそろよろしいか」

庭から声がした。縁側のむこうに割烹着姿の女が笑顔で立っていた。

腹の虫が鳴いた。昔から姐の顔を見るとそうなる。

「お昼にしましょうか」

「おう」

応じた松原が視線を戻した。

「おまえ、面会に行ったそうやな」

「藤堂が刑務所に入って、もうじき三年です。四年の懲役なので、早ければ年内にも仮釈放をもらえるかもしれません」

「その下準備のために会《お》うたんか」

「事務局長として、本人の意思を確かめておこうと考えました」

「それで、どうやった」

「谷口組の夕の字も口にしませんでした」

「堅気の面になってたんか」

「まったく……」

美山は苦笑をもらした。

一年ぶりに会う藤堂はまるみを帯びていて、おだやかな表情を見せていた。

それなのに、背骨がふるえた。

皮膚の裏に凄みを忍ばせているように感じたせいである。

しかし、面会中に藤堂の表情が変わることはなく、もの言いも静かなままであった。

「復縁は本人の気持ちしだいやな」

「執行部に反対する者はいないのですか」

「おらん。高木の残党のほうはどうや」

「真っ向から反対するのは加治《かじ》くらいでしょう」

「加治か。あんなやつ、吠えてもどうということはない。けど、あいつら見てると、人生はどう転ぶかわからんというのがようわかる」

「青田さんも加治も西本組の出身ですね」

「直系に盃を直した背景は異なるが、二人の本心は西本組の二代目にあったと思う」

「けど……」

五十嵐の存在が邪魔になった。

あとの言葉は声にならなかった。五十嵐と友定がかさなってしまったからだ。

美山は、両者の立場は異なる、と己に言い聞かせた。

青田や加治にしてみれば、五十嵐は後輩である。一方の友定は、美山が若衆になったときはすでに松原の心臓といわれていた。

美山の動揺など気にするふうもなく、松原が口をひらいた。

「二人とも、五十嵐の台頭で放出されたくちや。けど、そこから先が違う。加治は西本への怨念が高じて高木に接近し、青田は西本に逆らえず、三代目のボディガードをやり続けることで己の立ち位置を護りとおした」

「そのおかげで、神俠会の若頭ですか」

「不満をかかえての辛抱がツキを呼び込んだ」

「ツキ……冗談でしょう」

美山は語気をとがらせた。

「怒るな。ツキや好運は誰にでもある。自分の意志とは関係なく、むこうから勝手に来よる。要は、どのタイミングで来て、それをどう活かせるかや」

「自分はまだ遭遇したことがありません」

「気がつかんのと違うか」

「そうかもしれませんが、気まぐれなツキとか好運を待つ気にはなれません」

「ツキをばかにしたらあかん。青田にはツキがへばりついた。藤堂の事件の直後に横須賀の原田《はらだ》が引退し、補充として青田が若頭補佐になれたのも、そのあとすぐ若頭に担がれたのもツキでしかない」

「反主流の大村さんと谷口さんが藤堂の一件で自重したのはわかりますが、主流派の佐伯《さえき》さんや矢島《やじま》さんがどうして青田さんを若頭に推したのか、いまだに理解できません」

「大村らは、自重できても、佐伯と矢島の昇格は容認できんかった。主流派のどちらかが若頭になれば、そのまま四代目に就かれ、自分らの芽が潰れる。それで、妥協案として青田を推した。当時の青田は極道者としては格下で、しかも主流派の新参幹部やった。佐伯らがそれをのんだのも、青田なら背後で操れると読んだからや」

「いまや制御不能です」

「わいの落ち度や。正直に言うと、わいも舐めてた」

「青田さんを」

「神侠会の若頭という地位をや。責任を痛感しとる」

たしかに、古参幹部は神侠会若頭の権力のほどをあまくみていたと思う。

若頭になる前の青田組は二百人たらずの中堅組織のうえ、他所者との縁はほとんどなかった。それがいまでは六百人を擁し、全国の有力組織の幹部らと兄弟縁を結んでいる。

だが美山は、松原を責める気になれなかった。

あの当時の松原は、自分と五十嵐、藤堂の絆を強め、三人を神俠会本家の幹部に推そうと画策していたのである。

藤堂が事件をおこして水泡に帰したものの、青田の若頭昇格のさい、自分を事務局長に、五十嵐を若頭補佐に推挙したのは松原で、それが青田若頭を容認する条件のひとつだったと、うわさに聞いている。

美山が返す言葉をさがしているうちに襖《ふすま》が開き、姐が入ってきた。

松原の表情がほころんだ。

美山は上着を脱いだ。

生臭い話は姐の手料理に失礼というものである。


わずか十メートルほどの橋が長く感じる。

五十嵐は、生田川に架かる橋のなかほどで立ち止まった。

六甲山脈の布引の滝から流れてくる水量はすくなかった。かつては氾濫したことがあるらしく、子どもたちが水遊びをしていたとも聞いているが、五月半ばのいまは川底の小石を乗り越えるのがやっとの水嵩《みずかさ》である。

五十嵐は小川の近くで生まれ育った。

竹と木綿糸の粗雑な竿で鮒《ふな》や鮠《はや》を釣る風景がよみがえってきた。

それを身にまとわりつく霧雨がぼかした。

橋を渡り、赤提灯《あかちょうちん》の前に立った。

めしやの墨文字がゆれている。

まだ蠟燭《ろうそく》を使っているのか。そんなことを思うくらい、ひさしぶりに訪ねる。前回はいつだったか。半年前か、もっと以前のような気もする。

すりガラスのむこうに客がいる気配はない。もっとも、ここへはいつも客のいない時刻を見計らって足を運ぶ。時刻は午後八時半。店の常連客のほとんどは夜に働く者たちで、彼らは出勤前か、仕事がおわったあとに立ち寄る。

建てつけの悪い格子戸が軋《きし》んだ。

正面の棚の上で、テレビ画像が波を打っていた。

それでも映っている人物が前首相の田中角栄とはわかる。

見飽きた顔だ。いつでも、どのチャンネルにも頻繁に登場している。お国の大将になった四年前に負けず劣らず、時の人である。

音はなく、客を迎える声もかからないが、わずかなぬくもりを感じた。

五坪たらずの細長い店で、カウンターに七つの椅子がある。

五十嵐は、黙って中央の椅子に腰をおろした。

板場の丸椅子に背をまるめていた新田正一《にったしょういち》がのそりと立ちあがった。

角刈り頭と無精髭は長年の風采で、五十嵐より二歳下なのに五歳は老けて見える。

「酒、ひやでくれ」

五十嵐はぶっきらぼうに言い、煙草をくわえた。

枡に入ったコップ酒と、烏賊《いか》と葱《ねぎ》の饅《ぬた》がでてきた。

「なにか食べますか」

「まかせる」

また沈黙がひろがる。

新田が腰をかがめ、七輪の火を熾《おこ》した。

勢いよく灰が舞いあがり、新田の顔が赤く染まった。

ぱちぱちと弾ける音がしたあと、かるく炙《あぶ》ったタラコがテーブルに載った。

五十嵐はレモンを搾りおとした。

「変わらんな」

「食べ飽きましたか」

「そうやない。変わらんのはおまえの風采や」

新田の眼が細くなった。

「変わったら、ええことありますか」

「どうかな」

「それなら、このままで充分です」

「女は」

「適当に」

「所帯を持つ気にはならんのか」

「どうしたん」

ようやく、くだけた口調になった。それまでに時間がかかるのもいつものことだ。

「なにが」

「きょうはよう喋らはる」

「そうか……かもしれんな」

五十嵐はコップを手にして酒をあおった。

「なんぞ、おましたのか」

「ん」

「兄《あん》ちゃんが顔を見せるのは……」

語尾が沈み、わずかな間が空いた。

ガキのころから、新田には兄ちゃんと呼ばれている。

「この前来たのは三代目が亡くなられてすぐのことやった」

三代目神俠会の滝川《たきがわ》会長が他界したのは、ほぼ半年前の、昭和五十年十二月初めのことで、長い闘病生活の果ての死だった。

「兄ちゃんの親分が亡くなられたときも、藤堂さんが事件をおこしたときも……」

「よう覚えてるな」

五十嵐は薄く笑った。

新田がうつむき、また手を動かした。

ちいさなボウルに林檎《りんご》とニンニクを磨《す》りおろし、酒と醬油を溶き合わせる。そのなかに幾片かの牛肉を潜《くぐ》らせ、金網に載せた。

五十嵐は、朱赤の炭を見つめた。そのあいだに、ゆっくりと神経が弛緩してゆく。いまの俺にしがらみがあるとすればこの男だけかもしれない。

ふと、そんなふうに思った。

つられるように、記憶の断片が頭をよぎった。

親と慕った西本勇吉は、三年前の冬、五十三歳で病死した。

五十嵐が西本組の跡目を継ぎ、神侠会の直系若衆になって、まもなく丸二年になる。

西本組二代目を襲名したのちも勢力は伸び、いまでは八百人の組織になった。同業者との縁も若木の枝葉のようにひろがったが、およそしがらみとはかけ離れている。

己の意思と関わりなく勝手にまとわりつくしがらみは、互いの欲や思惑を秘めた縁とはあきらかに異なる。縁はときとして、心も身体《からだ》も構えなければならない。わがままに生きようとすればするほど、縁は面倒な存在になる。

多少の煩わしさはあっても、しがらみにはそれがない。

邪魔になればつまんで捨てる。

それしきのものだ。

衣服についたほこりを払うように扱ったとき、新田はどう反応するのだろう。

いじわるな考えは、すぐに消えた。

新田が雲の彼方に飛んで行ったとしても、己の心にへばりつくカビのようなしがらみを拭《ぬぐ》えないのは自覚している。

漆黒の闇に立つ火柱が上州の空っ風に煽られ、ダンスをするようにゆれている。

あたりにはおおきな農家が一軒、田んぼのまんなかにぽつんとあるだけだった。
五十嵐は、そこへむかう途中の、畔道《あぜみち》で足を止めた。
昭和二十二年のことである。
山間の村に遅い春が訪れ、左右の稲田には田植えに備えて水が張ってあった。
日付が変わろうとする時刻なのに蛙どもがやたら喧《やかま》しかった。
いったい、どういうことだ。
十五歳の五十嵐は、燃え盛る炎を眺めながら、胸中でつぶやいた。
なにがどうなっているのか、まるで見当がつかなかった。
炎のほうから、ちいさな影が走ってきた。
五十嵐は、とっさに身構え、新聞紙をまるめた鞘《さや》を抜いた。
出刃包丁が鈍く光った。
「あ、兄《あん》ちゃん」
「正一か」
「うん」
息が届く距離になって、新田とわかった。
頬は青白く、ふるえていた。いつもは気の弱そうな瞳が別人のそれになっていた。

「家が燃えた」

「見ればわかる。あの二人は」

「たぶん、死んじまった」

「おまえが殺したのか」

新田が激しく首をふる。

十三歳のちいさな顔がもげおちそうに見えた。

「火は」

「ぼくが……」

「なんで」

「わからないよ」

おふくろは、ほんとうに尻軽女だったのだろうか。

その自分への問いかけは三十歳を過ぎたころまで続いた。女を抱き、気を入れる瞬間になると決まっておふくろの顔があらわれ、よがる女の顔とかさなった。

――さみしいのさ――

尻軽女って何だよと訊いたとき、おふくろはそう言い、哀しそうに笑った。

その夜は布団に入っても寝つけなかった。

それで母の外出を知り、あとを追った。

翌日も、つぎの夜も、母は正一の家へむかった。

五十嵐はそれを見届けて自宅に戻るのだが、朝起きるといつも母は台所にいて、土間には白菜や里芋などがあった。正一の家から持ち帰ったものだとはわかった。

正一は父親と二人で暮らしていた。母親は結核を患い、正一が十歳のときに死んだ。最後の三年間は、病が伝染するのを恐れ、母親は納屋で寝起きしていたという。

新田家は集落一の農地を有し、夫を軍役にとられた女の多くがわずかな賃金めあてに新田家で働いていた。母もそのひとりだった。

五十嵐の父は戦争で死んだ。そう伝えられたが、遺骨は戻ってこなかった。

近所の大人たちのうわさは、やがて子どもたちにもひろがった。

――おまえのかあちゃん、尻軽女――

そう言われるたびに拳をふりまわす日々が続いた。

正一だけが、兄《あん》ちゃん兄ちゃんと、五十嵐にくっついていた。

そうするうちに、自宅を訪ねてくる薬売りの行商人や、中学校への就学を勧めに来る教師らの、母を見る眼に不快を覚えるようになった。

周囲の男どもの眼と声が五十嵐の憎悪を燃えあがらせた。母の男を殺す。

憎悪が決意につながった。

正一はそれに気づいていたのか、察したのか。

あるいは、死んだ母を思い続け、五十嵐の母への殺意を胸にはらんでいたのか。

五十嵐は、煙草を灰皿に潰し、肉をつまんだ。

新田の料理はどれも舌に合う。当然かもしれない。かれこれ十二、三年になる。彼がこの店を開く前の数週間、五十嵐はひまをみては試食につき合った。

二人して神戸に流れついたのは五十嵐が十六歳のときで、はじめはアンコと称する港湾人夫をやったのだが、他人との折り合いに苦労した新田は料理屋で下働きを始めた。

そこに十年勤めたあと、自前の店を持った。唯一の趣味の競輪でとんでもない大穴を的中し、それが開店資金になった。

以来、新田は店を伴侶に生きてきた。寝所は二階にある。

五十嵐は箸をおいた。

立ちあがったとき、遠慮ぎみの声がした。

「兄ちゃん」

「ん」

「険がでてる」

「どんな……死神の険か」

「わからないよ」

「おまえもそろそろ陰気な険を消せ。人生を変えてみたらどうや」

「兄ちゃんは変わったのか」

「どう見える」

「わからないよ、俺には」

わからないよ。

それが新田の口癖である。

初めて耳にしたとき、新田とのしがらみは蔦《つた》のように絡まった。

俺は用心棒か。

村上義一は、男の横顔を見て、そう思った。

となりに座っているのは関西同和協会の副理事長を務める川島英一《かわしまえいいち》である。

顔立ちも身なりも品の良い企業人に見えるのだが、彼が放つ言葉のそこかしこに鋭利な棘《とげ》が感じられ、豊かな表情からは傲慢さが窺《うかが》える。

川島と正対する鳥井《とりい》という男の顔におびえの色はない。それでも、川島が厄介な人物との認識はあるらしく、慎重に言葉を選んでいるふうに感じた。

――ちょっとつき合ってくれないか――

川島に電話でそう頼まれ、同行した先が兵庫県信用保証協会だった。

専務理事の部屋でかれこれ三十分、川島がほとんど一方的に喋りまくっている。

「戦後三十年が過ぎて、われわれへの罪滅ぼしはおわったということですか」

川島は丁寧なもの言いに終始している。

「先ほどから何度もお話ししているように、今回は保証の額が問題なのです。たしかに、神戸市が計画する都市総合開発は、国のお墨つきもあって予定どおり行なわれるでしょう。あなたが推薦される神和設計が市の開発事業の一部を受注するのも疑っていません。ですが、あまりにも金額がおおきい。三億円は当方の保証の限度を超えています」

「今太閤の音頭に乗せられて、大盤振る舞いをしすぎたのだろう。ピーナツ領収書とやらのせいでお殿様は失脚し、戦後最大の不況に見舞われているとはいえ、土建業界だけはあいかわらず景気がいい。掘りおこした土をいまさら元には戻せないからね」

昭和四十七年に総理大臣に就いた田中角栄は、その特異な経歴と気質でマスコミや国民から今太閤ともてはやされ、彼の提唱する日本列島改造計画によって、土木・建設業界は空前絶後の活況を呈した。

だが、そうしたお祭り騒ぎも長くは続かなかった。

アメリカでおきた巨額の贈収賄事件は大波となって日本へ上陸し、政官財を巻き込む一大スキャンダルへ発展した。

田中首相の辞任と二年前の世界同時不況とが相乗して日本経済はどん底に喘《あえ》ぎ、慢性赤字の国鉄はボーナスを社内預金扱いにする始末である。それでも連日、新聞紙面にはマンション販売の広告が躍っている。土地ものだけが元気だった。

「しかし、新規事業への融資保証は慎重にならざるをえません」

「それは融資の相手によって判断するということかな」

「いいえ」

「まさか、また差別を復活させるつもりではないだろうね」

「滅相もない。そんなことは断じてありません」

「そうだろうとも。これまでお互い努力して、信頼を築きあげてきたのだ。いまさら逆戻りすれば、せっかくの信頼関係を無にするばかりか、われわれの親密で濃厚な関係があからさまになって、あなた方は多くの国民に非難される。わかるだろう」

「はい。もちろん」

「ようやくあなた方のご尽力のたまもので、同和対策が実りかけている。景気がひえ込んでいるからと、それを放棄するのは賢明な策とは思えないね」

「おっしゃるとおりです」

鳥井の声音が弱くなった。

川島がここぞとばかりに畳みかける。

「念を押すが、金額がネックになっているのだね」

「ええ、まあ」

「ずいぶんと曖昧《あいまい》な返事に聞えるが」

「なにしろ、無担保保証の限度額をはるかに超えていますので」

「まさか、われわれから担保をとるとでも」

「と、とんでもない」

鳥井の声が裏返り、顔はたちどころに色を失くした。

失言を、いや、本音が洩れたのを悔いているのはあきらかだった。

「いまさらくり返すまでもないだろうが、われわれは担保つきの普通保証をお願いできるような環境におかれていなかった。まっとうな暮らしをしていても……」

「わかっております。どうぞ、お許しください」

「まあ、いいでしょう」

川島は、ソファに背を預け、煙草を喫《す》いつけてから言葉をたした。

「これまでおたくには過分なお世話になっている」

鳥井がぶるぶると顔をふる。血の気は戻っていなかった。

「では、こうしよう。こちらの申し込み窓口を三つに分ける。神和設計と神和土建、それにKE企画。設計と企画がそれぞれ一億三千万円。土建が四千万円で如何《いかが》かな」

「それでしたら、それぞれの企業で均等にお願いします」

川島は、口をつぐんだまま、鳥井を睨みつけた。

部屋の空気が固まった。

村上は、そう感じ、川島と鳥井の顔を交互に見やった。

川島が融資保証を頼んでいるのはわかっているし、そのために同和団体の圧力を利用しているのも理解できるのだが、会話の背景はまったく見えなかった。ここへ来るまで、同行する理由はもちろん、行く先さえも教えられていなかったのだ。

松原がよく口にする経済ヤクザは似たようなことをしのぎにしているのだろうか。

そんなことを思いながら、時間をやり過ごすしかなかった。

川島が無言で立ちあがる。

「お忙しいところをお邪魔した」

「まだお話は……」

「これから申込書を書き換えないといけないからね。神戸市の入札日は七月上旬……三週間後に迫っている。遅くとも今月の二十五日までには資金面の確保をおえなければ神戸市の入札担当者に恥をかかせてしまう」

「わかりました」

鳥井が蚊の鳴くような声で応じ、肩をおとした。

それを見おろしてから、川島は勢いよく踵《きびす》を返した。

村上が初めて夙川《しゅくがわ》にある川島宅を訪ねたのは半月前のことだった。

――お兄ちゃんのおカネは借りたくない――

妹の佳美《よしみ》の強情に折れて、川島を頼った。正確にいえば、川島の妾が賭場の常連客で、その女が話をつないでくれた。

佳美は美容室で働いていたのだが、母親の病気をきっかけに独立を決意し、その資金調達に奔走していた。神戸で店を構えるには高額の権利金が要る。佳美が気に入った長田区板宿の物件も十五坪で七百万円。家賃の百倍だった。母娘が二人してこつこつ貯めたカネではたりずに地元の信用金庫に融資を申し込んだのだが、難色を示された。

村上は、そんな話を女房の朋子《ともこ》から聞いた。

なんとか現金を工面して実家へ走ったのだが、佳美は頑として受けとらなかった。性格は母親そっくりである。母は極道者の息子のカネに手をつけようとしない。孫息子ができ、ようやく朋子の誘いで食事をし、お年玉を手にするようになったものの、それはあくまで朋子の好意でしかなく、村上はいつも後日談として知らされた。

そんなわけで、村上は仕方なく、銀行融資を受けられるように裏から手を回した。カネで赤の他人に頭をさげるのは気に食わない。まして、相手は賭場の客である。それでも、妹のためになんとかしてやりたかった。むろん、佳美には内緒にした。

申し込みから一週間で兵庫県信用保証協会の保証を得た。信用金庫は態度を一変し、融資に応じた。それもこれも、関西同和協会によるところだ。

同和協会の圧力のほどは聞き及んでいたし、神俠会の身内には、同和協会や朝鮮総聯《そうれん》と手を組み、互いの力を合体してカネ儲けをたくらむ者もすくなくなかった。

関西の裏社会には戦前の劣悪かつ陰湿な過去を背負う者が多くいて、そうした過去と決別する者、利用する者、隠したがる者など、人さまざまである。

村上は、己の出自やガキのころの環境を忘れたことはないが、おなじ出身で兄と慕う美山の影響もあって、それをカネ儲けの道具にしようとは考えなかった。

それにしても、間接的とはいえ、実際に圧力団体と接してみて、あらためて威力のほどを思い知らされた。彼らの口添えがあれば、ほとんど無審査で何百万円、何千万円のカネが、それも公のカネがいとも簡単に動いてしまうのである。


「どうです。面白かったでしょう」

車に乗るや、後部座席にならんで座る川島が話しかけてきた。

「俺にはなにがなんだか、さっぱりわからんかった」

「あなたは、経済利権に興味がないのかね」

「頭が悪いさかい」

村上はそっけなく返した。

世情には人なみの関心を持っている。まめに新聞を読むし、テレビの報道番組も視《み》る。不学を恥じ、知識にめざめたわけではなく、人とのつき合いが増えるにつれて会話のネタが必要になってきたからだ。ちかごろは賭場の客でさえ政治や社会的な事件を口にする。いまはもっぱら田中角栄が逮捕されるのかどうかに話題が集中していた。

一応の社会知識は得ても、経済や景気の話になると口が重くなる。実感がないのだ。昭和三十九年の東京オリンピックを起爆に四十五年まで続いたいざなぎ景気の只中は殺人罪で服役しており、日本中が建設ブームに沸いた今太閤の時代も刑務所にいた。

「あなたは松原組の大幹部だ。それだけでもおカネ儲けはできる」

「そうやろか」

「世のなかは力関係で成り立っている。力にもいろいろあるが、あなたが背負っている松原組の金看板はかなりのご利益があるだろう」

「知恵も要るやろ」

「すこしは……相手もばかではないからね」

「さっきの男は融資の分配先に不満そうやったけど」

「わたしがかかわる企業は幾つもあるが、中身はそれぞれで……今回の話でいえば、実体があるのは神和土建だけで、神和設計とKE企画は幽霊会社なのだ」

「幽霊会社……」

「そう。金融機関から融資を受けるための会社のことだよ。むこうもそれくらい調査済みだから不安なのだろう。それでも、わたしの力には逆らえない」

「そんなもんで、ええのやろか」

「ほかになにが要る。わたしは拳銃を使ったことなどない」

川島の眼が自慢そうに笑った。

村上は苦笑すら洩らさなかった。

訊ねた意味が違ったが、それを口にする気にもなれない。

川島と自分はおなじ出自だが、いまは生きるステージがかけ離れている。先ほどのやりとりを傍観しているうち、そんな感慨がめばえた。

川島が言葉をたした。

「とはいっても、いつまでもわたしの力が通用するわけではない」

「どういう意味やの」

「国や地方自治体の同和行政も転換期を迎えつつある」

「なんで」

「同和協会を経由しての融資は焦げつきが多い。正直言って仲介したくない案件もあるのだが、うちを頼る人は分け隔てなく支援するのが建前だからね」

仲介手数料が魅力なんやろ。

そうは言えなかった。融資がおりると、債務者は融資額の五パーセントを仲介手数料として同和協会に支払う。

村上もそのつもりでいたのだが、川島は受けとらなかった。

おかげで気分が重い。

気兼ねが口をひらかせた。

「焦げついても、銀行は損をせんのやろ」

「損はしないが、銀行は金利を免除するとか、信用保証協会に配慮をしている」

「信用保証協会は赤字なのか」

「同和協会の推薦案件に関してはそうだろう」

「それで、むこうは手を切りたがっているのやな」

「そうかもしれんが、やつらには切れん。保証協会だけではなく、地方自治体の連中も、国会議員の先生たちも、我々が差しだすカネに手をつけている」

「それなら……」

続く言葉は川島の手にさえぎられた。

「これから厄介になるのは、国民の眼だよ。各都道府県の信用保証協会は、地方自治体と中小企業公庫がバックアップしている。つまりは国民の血税。暮らしが豊かになり、国民が行政のカネの使い道を意識するようになってきた」

「なるほど」

「しかし」

川島が語気を強め、すこし間を空けた。

「われわれには、しいたげられてきた長い歴史がある。すこしくらいおいしい思いをしても罰《ばち》はあたらん。そう思わんかね」

村上は応えなかった。

自分がどれほどの歴史を背負っているかなど考えたこともない。

それ以上に、おいしい思いの中身が釈然としなかった。川島宅は門から玄関まで五十メートルもあり、ひろい庭にはプールがあった。

村上が生まれ育った長屋とは大違いだ。母や妹をふくめて、いまもその地区では多くの人が長屋暮らしをしている。

「ところで、なんで俺を連れて行ったんや」

「ん」

「俺の力は必要なかった」

怪訝《けげん》そうな顔から一変し、川島が白い歯を見せた。

「ご心配なく。あなたを利用しようなどとは思っていない。あなたには直子《なおこ》がお世話になってるだけで充分に感謝している」

直子とは川島の妾の名である。

「感謝……」

「そう。直子は若いからね。男に走られるより、賭場で遊ぶほうが安心だ。それに、あなたとの縁はそれくらいのほうが無難かもしれない」

「どうして」

「あたしは神俠会本家の方とも浅からぬ縁があってね」

「誰か、親しい人が……」

「若頭の青田さんと仲よくさせてもらっている」

村上は息をのんだ。


「なにさらしとるんや」

村上は、義心会《ぎしんかい》の事務所に入るなり、怒声を浴びせた。

だが、喧騒は静まらなかった。

這《は》いつくばる男は岩になったが、その上に乗る小僧はおもちゃの太鼓を打ち鳴らし、おぼつかない足どりで馬のあとを追っていた小娘はきゃっきゃとはしゃいでいる。

村上のひとり息子の健一《けんいち》と、義心会若頭の高橋孝太《たかはしこうた》の娘である。

「なに怒ってるの」

いつも村上が座る席にいる朋子があっけらかんと言った。

孝太の女房の小百合《さゆり》は肩をすぼめてうつむき、朋子の正面の新之助《しんのすけ》と、壁際に立つ二人の若衆は顔面を引きつらせたが、朋子だけは違った。

村上の怒りはたちまち沸点に達した。

「どあほ。ここは保育園やないぞ」

「わかってる」

朋子が乱暴に返した。

「けど、きょうは稔《みのる》の誕生日やさかい、小百合がケーキを持ってきてくれたんや。ちょっとくらい騒いだかて……」

「やかましい。とっとと消えろ」

「八つあたりせんといて」

「なんやと」

身体が前のめりになった。

あわてて若衆の稔が二人の間に割り込んだ。

「おやっさん、すみま……」

言いおえる前に、稔が吹っ飛び、もんどりを打った。

聞くより先に拳がでたのだ。

「堪忍してください」

小百合が金切り声を発し、跳ねるように立ちあがった。

「うちがでしゃばったまねして……ほんまにすみませんでした」

小百合が深々と腰を折った。

息子の健一が母親の膝にすがった。ちいさな顔をひねり、きつい視線をよこした。

その眼のせいで幾分か血流が鎮まった。

四歳の息子がときおり見せる気性の荒さは、村上をとまどわせ、ためらわせる。

ガキのころ、自分はいつも瞳に憎悪の炎を宿していた。その理由はわかっているし、世間を拗《す》ねる端緒となった出来事もはっきり覚えている。

長屋のそとの世界では絶えず他人のまなざしに怯え、それがゆえに、視線が合っただけで誰彼かまわず殴りつけた。

喧嘩に明け暮れる村上を正面から抱き留めてくれたのは唯一、美山であった。

——ここに生まれてきた宿命を怨んでるけど、おまえみたいに、拗ねたりはせん。どうせ、一生背負わなあかん宿命なんや。俺が極道者になったんはゼニと力がほしいからや。それでどうなるわけではないが、ゼニと力があれば誰も面とむかって指はささん——

美山の嚙んでふくめるような言葉に吹っきれた。いや、吹っきれたかどうかはわからないけれど、瞳の炎の質は変わったと思う。

自分の子は、血族の宿命を継ぐうえに、極道者を父に持つことになる。子の選択できる道は自分よりさらにかぎられるだろう。

その不安が朋子との結婚を消極的にさせたのだったが、朋子の腹にやや子ができたことでようやく意を決した。

それも美山のおかげである。

息子が人生の岐路に立ったとき、美山の言葉を胸に、息子と向き合うつもりでいる。

「小百合、帰ろ」

朋子が息子の手を引いた。

娘を抱く小百合があとに続いた。

「ええか。二度とガキを連れてくるな。おまえも顔をだすな」

村上は、怒りの残り火を声にこめた。眼前の出来事と親子の情愛は別物である。そう分別をつけなければ、極道稼業は成り立たないのだ。

朋子が無言で部屋を去った。

村上は、ソファに腰をおろし、煙草を喫いつけた。

肺にひろがる紫煙が砂埃のように感じられ、一服で火を消した。

新之助が神妙な顔をむけた。

「すみませんでした。これから気をつけます」

「おどれは俺の補佐役やないか。嫁にも孝太にも遠慮はいらん。こんな無様を同業に見られたら、義心会が……この俺が笑われる」

「わかりました」

「孝太は来てないんか」

「はい」

「裕也《ゆうや》と五郎《ごろう》は」

「裕也は西宮の競輪場へ。五郎は奥におります」

奥の部屋では野球賭博と公営ギャンブルのノミ屋をやっている。

義心会のしのぎのほとんどは賭博である。毎週末に開く賽本引《さいほんび》きの賭場と客の集まり次第でやるテラ麻雀のほか、ノミ行為は事務所の電話でも、島を確保している競馬場や競輪場でも行なっている。

「なんぞおましたのか」

「ない。おどれらのあほ面が不愉快なんや」

「………」

「孝太のやつはちかごろ顔を見せんそうやな」

「それは……」

「弁解はいらん。かばい立てもするな。おまえもおまえや。ゼニの管理をしとればそれで済むというもんやないぞ」

義心会には十三名の若衆がいて、三十七歳の新之助を除けば、全員が二十代である。

孝太も若頭補佐の前田《まえだ》裕也と金山《かなやま》五郎もそれなりの存在感はあるが、一人前の極道者とはいえない。村上は松原組の本部事務所に居る時間が多くなったので、身内のことは会長補佐の新之助にまかせたいのだが、新之助は実務に長《た》けていても、若衆への押しが利かない。足を運んでくる客への応対にも不満がある。

そういうことが、刑務所から帰ってきて、よくわかった。

刑務所に入るまでの二年間は、がむしゃらに突き進んで多少の蓄えができた。

だが、合法か違法かの違いだけで、やってきたことは商売人とおなじである。

不始末をしないかぎり、博奕《ばくち》の客は神様だ。そして、消耗品でもある。

若衆らはそれがわかっていないから、村上の服役中にしのぎを減らした。

なんとか組織を維持できたのは、それまでの蓄えに加え、親の松原や兄貴分の友定の援助のおかげだ。美山も陰で支えてくれた。

村上不在の義心会は、新之助の商才と若さの団結でかろうじて生き残れた。

逆にいえば、極道者としてしのいでいたわけではなかった。

その責任は己にある。勢いと運にまかせてのしあがったツケがまわってきたのだ。

――極道者が稼ぐのはあぶくゼニやと思うてるんか――

――人もゼニも魅力のある男のところにしか集まらん――

雑居房で布団を被《かぶ》ると、しばしば美山の言葉を思いだした。十八歳で人を殺し、二十二歳で娑婆に戻ったあと、美山に舎弟として拾われたときに、そう言われた。

ようやく賭場は元の活況をとり戻し、ちらほらと繁華街でのしのぎをこなせるようになってはきたが、安泰にはほど遠い。

村上は松原組の若頭補佐である。義心会を維持するほか、松原組への上納金や、極道者としてのつき合いにもカネがかかる。

――極道も楽な稼業やない――

いまではなにかあるたびに、美山の口癖を自分も洩らすようになった。

「新之助」

「はい」

「これからは孝太と裕也のどっちかを事務所にいさせえ」

「自分は」

「表にでるのや。俺が顔をつないでやるさかい、世間をひろめろ」

「どういうことですか」

「一本立ちしろと言うてる。おまえらが自前のしのぎを持つくらいにならんと、いつまでたっても義心会は成長せん」

新之助がちいさくうなずいた。

「博奕だけで飯を食える時代はおわった」

村上は、己に因果をふくめるように、きっぱり言い放った。

因果の中身は過去との決別である。

刑務所へ行く前、若衆には極道のしのぎは賭博と教えていた。

「それはつまり、面倒事の捌きとか、経済利権にも手をだすということですか」

「正業でもええのやが、なにをやるにしても、人脈をひろめな話にならん。うちの者でゼニの嗅覚があるんはおまえひとりや。人づき合いもすこしはこなせる。松原組と義心会の代紋で捌けるしのぎを拾うてこい」

「はい」

わずかだが新之助の声に力を感じた。自分なりに思うところがあるのかもしれない。

「来年から、義心会も上納制にする」

神俠会が上納金制度を採ったのは昭和四十一年からである。警察の圧力で港湾事業と芸能興行という莫大な資金源を失くしたのがきっかけとなった。舎弟や直系若衆は毎月五十万円から百万円を本家へ上納し、彼らもまた身内から相応の上納金を納めさせる。

いまではその制度が末端の組織にまで浸透しているので、義心会のように皆で稼いだカネで組織を運営し、自分らの生活を維持しているのは例外といえた。

「全員ですか」

「とりあえず、古参の五人。義心会を立ちあげて五年が過ぎた。そのうちの俺が刑務所に入ってた間は義心会を護るのに精一杯やったかもしれんが、それにしても、孝太や裕也に乾分ができんのはやつらの器量が欠けているからとしか思えん」

「自分のせいです」

「謳うな」

村上は怒鳴った。

「おまえの欠点はそこや。何でも自分でとりつくろおうとするからあかん。なあなあも、となかれもあかん。びしっとメリハリをつけえ」

「以後、気をつけます」

「おまえのしのぎやが……ゼニが要るなら俺が工面する。そのしのぎで二、三人でも自前の乾分をかかえろ。そうすれば、孝太らの眼の色も変わる」

「自分にできますやろか」

「できなんだら、極道なんぞやめてしまえ」

新之助がうなだれた。

その仕種を見て、また村上は美山の言葉を思いだした。

――三年で自前の組を持て。できんかったら極道稼業などやめてしまえ――

あのときは返す言葉もなく、砂漠の真ん中に放りだされたような気分になった。

「半年……三代目の一周忌までにめどを立てろ」

「わかりました」

新之助の顔に生気が戻るのを見届けて、ソファに背を預けた。

新之助と話しながら緊張していた。瞼のそばで川島のふてぶてしい顔がちらついていたせいだ。自分の気質に合わない男だが、やつに触発されたのはたしかである。

たぶん、それは川島と自分のやっていることに確たる差がないからだろう。

やつのほうが極道者らしく、自分はまだ極道者になれきれていないのかもしれない。

そんな思いが自分を煽り立てたのだった。

「ところで、新之助」

「なんでしょう」

村上は、天井にむかって親指を立てた。

ひとつ上の階には自宅がある。客の不動産屋の勧めもあってその気になりかけた一軒家の話は二度目の収監で立ち消えた。

いまはそれでよかったと思っている。

二十代の、極道者にもなりきれていない小僧が分不相応の見栄を張ったところで、何のいいこともなく、己と乾分を慢心させるのがおちだった。

「嫁をここへ入れるな」

「姐さんが来るのは晩飯の差し入れのときだけで、きょうは例外です」

「ほんまやな」

「はい」

「義心会が伸び悩んでいる原因はおまえらだけやない。俺にも、嫁にもある。このなまぬるい空気を一掃せな、義心会は生き残れん。それを肝に銘じておけ」

「はい」

「よし。五郎を呼んでこい」

「おでかけですか」

五郎は若衆になったときからずっと村上の運転手をしている。若頭補佐になっても、五郎は運転手役をほかの若衆に譲ろうとはしなかった。

「二日ほど留守にする」

「あのう……」

「なんや」

「さっきのお話でしたら、お供は若い者に替えたほうがええと思います」

「五郎がいやがってるのか」

「とんでもありません。あいつ、死ぬまでおやっさんのボディガードをやる気です」

「あの気性や。五郎には折を見て俺が話すさかい、おまえは今夜にでも孝太と裕也の三人でよう相談せえ」

「はい」

新之助が立ちあがり、隣室に消えた。

それから五郎が顔を見せるのに十秒とかからなかった。

陸からは凪《な》いで見えたのに、沖にでると海はうねっていた。

城崎温泉に近い漁港を出航して十分も経《た》つころには鳩尾《みぞおち》のあたりが落ち着かなくなり、釣り船が漁場に着いたときは吐き気をもよおした。

前夜の民宿での深酒のせいではない。村上より酒量の多かった美山はけろっとした顔で仕掛けを作っていたし、一滴の酒も呑まなかった五郎は船縁《ふなべり》に身体を寄せたまま、何度も海面に嘔吐《おうと》していた。

「さあ、やるで」

美山の元気な声に、村上は竿を手にした。

のろい動きを見て、美山が笑った。

「まだ慣れんのか」

「沖にでたのはきょうが二度目です」

「ガキのころ海の上で仕事してたやないか」

「あれは神戸港です」

「海には変わりない」

「船のおおきさが違います」

「気にするな。波を見なければ酔いはせん。獲物が釣れたら気分は爽快になる」

村上は息をつき、肩をおとした。

美山の誘いでなければ海釣りなんてことわっていた。前回はいまの五郎のように嘔吐し、陸に戻ったときは二度とやるまいと思った。

それまでゴルフしか趣味のなかった美山が釣りに凝りだしたのは、村上が二度目の刑務所から戻ってすぐのころで、初めは三田あたりの池で鯉や鮒を釣っていたのだが、やがて海を相手にするようになり、神戸港の埋立地の縁での夜釣りや、徳島へ遠征して筏《いかだ》での黒鯛《チヌ》釣りを体験した。そこまでは村上もたのしめたのだが、船釣りは勝手が違った。

しかも、前回の和歌山沖と異なり、きょうは夏でも波の荒い日本海である。

ゆっくりと闇が薄れ、四方の風景は輪郭がはっきりとしてきたが、さほど遠くないはずの丹後半島の突端が地球の果てのように霞んで見える。

「きょうは真鯛や。しゃきっとせな鯛にばかにされるぞ」

「そっちは慣れましたわ」

徳島の筏釣りでは二泊三日で奮闘したものの、一尾の黒鯛もあげられなかった。

「心配いらん。真鯛は黒鯛ほど賢うない」

傍らで、仁王立ちの船頭が顔をほころばせている。
村上はまたため息をついた。
美山はなにをやるにしても真剣そのものである。
——そんなにしゃかりきにならんでも……たかが遊びやないですか——
あるとき、村上はからかい半分に言ったことがある。
——遊びも半人前のやつに極道稼業が務まるか——
美山にそう返され、ぐうの音もでなかった。
「がんばって姐さんによろこんでもらいますわ」
美山の女房は小料理屋を営んでいる。
「その心意気や」
美山が竿をふった。
青紫の空を釣り糸が走る。
村上も続いた。
ほどなく、村上の浮が沈んだ。竿先がおおきく撓《しな》る。
「おおっ」
村上は急に元気づき、リールを巻く手に力をこめた。

「そう力むな。もうバレはせん」

「でかい鯛ですよ」

「あほ。ダボハゼやあるまいし……鯛がいっぺんに食いつくか」

「ダボハゼですか」

「デメキンや。なあ、おとう」

美山に声をかけられ、船頭が面相を崩した。

「デメキンて……」

海面に浮きあがった魚を見て声を忘れた。

赤い魚の眼球が飛びだしそうだ。それも二尾《び》が連なっている。

「なんですの、これ」

「赤メバルや。食うたことないんか」

「ありません。けったいな顔してますね」

「水圧の関係で眼が飛びでる。鯛を狙《ねろ》うても、釣れるのはほとんどがメバルや」

村上はほっとした。

外道でなければなんでもいい。とにかく、先手はとった。

祝福するかのように、空があかるくなった。

東の水平線が朱色に染まりだした。

太陽が欠片を見せたとたん、眼がくらんだ。瞳が溶けてしまいそうになる。

そのとき、視界の端でなにかがきらめいた。

桜色か。

そう思うより早く美山の声がした。

「どうや」

美山の自慢そうな顔の前で、見事な鯛が中空を泳いでいた。


それから二時間して朝飯になった。

真っ青な空に紺碧の海。青一色のなかで太陽が赤く燃えていた。

いったんは竿を手にした五郎だったが、五分も経たないうちに元の場所にうずくまった。うねりに加えて、照り返しの陽光にあてられたようだ。もう立ち直る気力も失せたのか、声をかけてもひなびた瞳をむけるだけである。

船頭がメバルの味噌汁をつくった。青葱がたっぷり載っている。

一口すすり、唸った。船頭が釣りあげた烏賊の、肝和《あ》えも旨かった。肝を少量の白味噌と日本酒で溶くという。柚子も酸橘《すだち》も必要なかった。

トントントン、と船底が響く。朝飯の間に漁場を変えるそうだ。

握り飯を手に、美山が話しかけてきた。

「しのぎのほうはどうや」

「ぼちぼちです」

「去年の、長嶋ショックから立ち直れそうか」

「なんとか」

昭和五十年は、野球賭博の胴元にとって大厄の年であった。

神戸は圧倒的に阪神ファンが多く、彼らの大半はアンチ巨人派でもある。野球賭博をやる連中は、阪神を買い、巨人を敵にまわす。

その巨人が一年中の惨敗を喫したのだから胴元は悲鳴をあげた。シーズン開幕から惨敗続きでも人気球団の巨人はハンデを負っていた。シーズン半ばになって逆にハンデをもらう側になったが、それでも負け続け、最終勝率は三割八分二厘だった。

巨人を敵にして賭ける客らは、神様・仏様・長嶋様とばかりに狂喜乱舞し、胴元たちは青ざめながら巨人の試合をテレビ観戦していた。

胴元のなかには、みずからが密告者となって警察に逮捕される者や、配当金をつけられず客に泣きを入れる者まであらわれ、まさしく長嶋ショックとなった。

義心会はかろうじて持ち堪えた。熱烈な長嶋信者の客が数人いて、彼らがむきになって巨人に賭け続けたおかげだ。当然のこと、彼らの懐は破裂し、賭け金のすべては回収できなかったが、よその胴元に比べればはるかにましな損失で済んだ。

「それならええのやが、きのうは辛気臭い顔をしてたからな」

民宿でそういう話にならなかったのは五郎がずっと同席していたからだ。

村上は、わずかな思案のあと、きのうの出来事を話した。川島に黙りとおすほどの義理はないし、自分の胸のうちを聞いてもらいたいとも思った。

話しおえたとき、美山は極道の顔になっていた。

「川島とはつき合わんほうがええ」

「やつを知ってますのか」

「ああ。もう十年になる。俺がおしぼり屋を始めるとき、あいつの世話になった。そのころ、神侠会の直系組長は堅気の看板を持ちたがってな。どこも台所が苦しくて……上納金を納めるのさえ難儀していた。警察の締めつけがきつうて乱暴なしのぎはできんし、賭場も静かで……デコスケにおびえながらの博奕ではつまらんからな。それで、皆が高利貸しを頼り、川島らを利用した」

「むこうも神侠会の代紋をあてにしてましたんやろ」

「そうやけど、それは神俠会にかぎらん。同和協会は全国ネットや。どこの地域の、どの代紋とも手を組む。そやから、つき合いもほどほどにせえと言うてる」

「つき合う気はありませんが、仲介手数料を受けとらなかったのが重荷です」

「借りは早めに済ませとけ」

「そのつもりです」

川島の妾の話はしなかった。あまいと怒鳴られるに決まっている。

頭の片隅に青田の名がうかんだ。あまり絡みたくない男だ。本家の青田若頭と話したことはないけれど、松原や美山の口ぶりから察して、接触しないほうがいいように思う。そんな先入観があるので、川島が青田と親しくしていることも話さなかった。

「それにしても」

つい、ため息まじりの口調になった。

「なんや」

「極道も楽な稼業やないと……兄貴の言葉が身に沁みています」

「その割には成長せんのう」

「自分でもつくづくいやになります」

「ぬかすな。おどれの肩書きが泣くぞ」

「いまごろになって重さが堪えてきました」

「重さてか。そんなものあるかい。極道者やぞ。大層な肩書きをつけようと、所詮はゴミや。そよ風にさえ飛んでしまう」

「ほかの人らもそんなふうに思うてるのでしょうか」

「他人は関係ない。俺とおまえの話や。身のほどをわきまえんと、大怪我する」

「自分は、身のほどがようわかりません」

「俺もわからん」

美山が笑った。やさしい顔になった。

村上は笑えず、しばらく美山を見つめた。

朝陽を浴びる美山の顔からすこしずつ笑みが蒸発していく。

表情が消えたところで、美山が口をひらいた。

「これだけは言うておく。代紋を生かすも殺すも己の器量や。松原組若頭補佐の肩書きを重荷に感じるのなら、おまえの器量がたらんせいや。若衆もおなじこと。五の親分のところに十の乾分はつかん。十の素質を持つ乾分が迷い込んできたとしても、五の器量しかない親分の下につけば十の素質は開花せん」

「自分は……」

「己を安う見切るのなら、肩書きをはずせ。極道なんぞ、やめてしまえ。そうせんと、おまえに肩入れする松原の伯父貴に申し訳が立たん」

村上はなにも言えなくなった。

心臓を射貫くような言葉にも神経はささくれなかった。胸裡では納得と反発がぶつかり合っても、頭と心は平衡を保っている。

美山に拾われ、情をかけられ、育てられた。

そのことは身体のど真ん中に在る。

それは一ミリも動かないだろうし、ましてや、消えることはないと思う。

視線を逸らした。

いつのまにか、海は凪いでいた。真夏を感じさせる陽射しに参ったのか。

快いエンジン音も止《や》んでいた。

ふりむいた先で、船頭が欠伸《あくび》を放っていた。

美山の声がした。

「俺の仕事を手伝うか」

「えっ」

村上は怪訝な顔を見せた。

「そろそろ……」

おなじ言葉が前後からかさなった。

美山が口をつぐんだ。

船頭が操舵室からでてきた。

第二章　ぶつかる眼

棚田の緑がせわしなくゆれている。

それを右手に、五十嵐健司は細い坂道を登った。

堪える傾斜だ。ゴルフでは立て続けに二ラウンドまわっても平気なくらい足腰は丈夫なのだが、登りはじめて五分と経たないうちに汗が噴きでてきた。

俺に会いたければまっすぐ来い。

いつも、風景のどこからか、そんな声が聞える。だから、寒風にさらされる冬でも、強い陽射しが照りつける季節でも、五十嵐は休まず登り続ける。

「おーい」

男の声がした。

五十嵐は左右を見た。

昼寝をむさぼるような風景に人の姿はなかった。

「おーい。ここだ」

また聞え、五十嵐は顎《あご》をあげた。

前方で男が手をふっている。兵庫県警捜査四課の元課長、安野寛だ。

斜面の窪地に墓の群れがある。群れといっても二十基ほどで、漬物石をむりやり立てたようなもの、石を無造作に積みかさねたもの、傾いた卒塔婆もある。

五十嵐は、挨拶を交わし、ひときわおおきい墓にかしずいた。

御影石はまぶしく輝いている。安野が掃除をしたのだろう。

香を立て、花を手向《たむ》け、静かに眼をつむった。

西本勇吉の顔がうかんだ。

きょうは上機嫌の顔に見えた。

窪地の端に移動し、安野のとなりに腰をおろした。

「あいつは人一倍のさみしがり屋やったのう」

安野の声はのんびりしていた。

「おやじは短気で癇癪《かんしやく》持ちで……まわりの者は爆弾を扱うようにしていました」

「そうやった。人恋しくなると、俺を呼びだしたくせに、二人で酒を呑めば癇癪をおこすから始末に負えん。おまえと呑むほうがよほどたのしかったろうに……あいつは他人の手前とか、つまらんことに気を遣《つこ》うてた」

「そういえば、おやじと二人きりで呑んだことがありません」

「ほんまか」

「はい。戦後の闇市時代はともかく、事務所を構えたあとは一度も」

「なんと」

安野が呆《あき》れたような声を発し、頬を弛《ゆる》めた。

「ここでおまえに会えるとは……あいつがそうしむけたのかな」

「月命日です」

「そうか。きょうは命日か」

「知らずに来られたのですか」

「俺は気がむいたとき……言うても、年に二、三回やが」

「ありがとうございます」

「一杯つき合え」

一升瓶を手に戻ってきた安野は、首に掛けたタオルで素焼きの湯呑みをしごいた。西本の墓前に置いてあったものだ。

「ほれ」

五十嵐は、差しだされた湯呑みを両手で受けた。

光の速さで記憶がさかのぼる。

――ほれ――

西本の声が鼓膜によみがえった。

――固めの盃や。親子かて、兄弟かて、なんでもかまへん――

闇市の飯屋で、西本はそう言って、縁の欠けた茶碗をよこした。出会いから三度目か、せいぜい四度目か。いずれにしても、まだ気心の知れる仲ではなかった。ばったり顔を合わせては濁酒と飯を馳走になる。ただそれだけの関係だった。

だが、あのとき、五十嵐は躊躇《ちゅうちょ》なく応じた。

なにかをやるということにさして理由は要らない。

そんなふうに思っていたころのことである。

当時の西本が神侠会の新参者だとわかったのはそれからしばらく経ったあとで、事前にそれを教えられていても盃を交わしたと思う。

極道者になったからといって日々の生活が急変したわけではなかった。あいかわらずアンコ稼業を続け、港の倉庫の二階にあるタコ部屋で寝ていた。そこをでたのは相棒の新田正一の転職がきっかけだった。西本の長屋に転がり込んだのちは、三宮の闇市を巡回し、わずかな場所代をかすめ、敵対する愚連隊らとの喧嘩に明け暮れた。

西本の部屋には三人の先輩が居て、それがすこしばかり煩わしかったけれど、五十嵐の我慢が破裂する前に、己の食いぶちを見つけたのか、女ができたのか、彼らはひとりまたひとりと、西本の部屋を去った。あらたな乾分たちも同様であった。

安野の声がした。

「この酒であいつを酔わせようと思うたのやが……生きてるやつが先でもええわな」

安野が湯呑みになみなみと酒を注ぎ、左手に持つ柄杓《ひしゃく》に酒をおとした。

「やつの月命日にはいつも来てるのか」

「用事がないときは」

「おまえと藤堂……似てるな」

「俺は、あいつほど親を大事にしませんでした。もっと孝行していたら、おやじはもうすこし長生きできたかもしれません」

「親孝行とは、態度や物品やなく、心の構え方らしい。中国の孔子さまがそう言うてる」

「親も人です。眼に見える形をほしがりますやろ」

「どうかな」

安野が柄杓の酒をあおり、旨そうに息をぬいた。

「ところで、ゴミ箱の居心地はどうや」

神俠会は巨大なゴミ箱。それが安野の口癖だった。

「まだ気になりますのか」

「ひますぎてな。ぼうっとしてると、おまえらのことを思いだす」

「辞めるのが早すぎたのでしょう」

「それはない。見切り時を違《たが》えればろくな結果にならん」

「よう肝に銘じておきますわ」

「先だって、ひさしぶりに松原の家に招かれたのやが、もうひと苦労しそうな顔に見えた。なにか面倒事でもあるのか」

「代行はなにか」

「言うか。あいつは口が堅い。泣き言も言わん。けど、なんとなくわかるんや。やつとのかかわりも西本とおなじくらい長かった」

「俺の性格は藤堂よりも代行に似てると思いますけど」

五十嵐は、誰に対しても、松原のことを代行と言う。

「部外者には喋らんてか。それでもかまへん。こっちも知らんほうが気楽や」

安野の声にふくむところは感じなかった。顔は穏やかなままだ。

しばらくのあいだ、二人して眼下の海を眺めた。

淡路島の南端から鳴門の渦潮は見えないが、その先の四国はまぢかに望める。すこし視線を左にやれば、吹上の浜のむこう、太平洋が果てしなくひろがっている。

――極道者が眠る場所にはふさわしくないのう――

ずっと以前に聞いた安野のひと言は、この風景を見ての感慨だったのか。それとも、世間の隅っこで、己の勝手放題に生きた極道者が出身地の、それも親兄弟、縁者と一緒に眠っているのをさしてのもの言いだったのか。

そんなことを思っているうち、太平洋の彼方に記憶の陽炎《かげろう》が立った。

捨てた田舎か、売った故郷か。

どのみち離れたに違いない生家は、陽炎のなかで形にはならなかった。

ゆれながら燃えている。

そんな感じだが、陽炎を見つめる瞳は徐々に熱を奪われていった。

縁がなかったということだろう。

たまに故郷を思っては、短い時間のなかで自分にそう言い聞かせている。

五十嵐は、安野に悟られぬよう、そっと湯呑みにため息をおとした。

「なあ」

声がして顔をむけると、安野が右手の親指でうしろの墓をさした。

「あいつと何の話をした」

ぴくりと心臓がはねた。

以前にも幾度か、不意を衝かれる場面があった。

安野の唐突なひと言は千枚通しの鋭さで胸の一箇所めがけて正確に突き刺さる。頻繁に会っていたころなら免疫のおかげでかわすことも、やわらげることもできたのだが、いまはまともに衝撃を受けた。

ほぼ一年ぶりの再会と、安野のやさしい表情に油断したのかもしれない。

「まあ、いろいろあってあたりまえか」

安野は、五十嵐の胸中を斟酌《しんしゃく》する気がないかのように言い、酒をあおった。

気まずさが声になった。

「神戸まで送りますよ」

「車か」

「下で、若い者が待っています」

「ほう」

安野の眼が光った。それでも現役のころの、身がすくむような強さは感じなかった。

「どうされます」

「もうすこしおる。しばらくこれんようになるかもしれんからな」

「お身体の具合が悪いのですか」

「そろそろ仕事を始めようかと思うてる」

「あてはありますのか」

「幾つか話はきてるけど、決めかねてな。なにせ四課一筋……勝手が違う」

「それならうちに来てもらえませんか」

「遠慮しとく」

「まっとうな会社のほうですよ」

西本組本部がある建物の一階には、西本興産という会社がある。ショベルカーなどの土木機器をレンタルする合法企業で、業績はすこぶる良い。警察の圧力が及ばない資金源をと西本が興したものだったが、いざなぎ景気と、田中内閣が誕生したおかげで、いまでは西本組の屋台骨を支える優良企業にまで成長した。

「わかってる。けど、西本興産に勤めればいやでもおまえと顔を合わせる」

「いやですか」

「まあな。せっかく薄れてきた垢がまた溜まってしまう」

安野が愉快そうに笑った。そして、すぐ真顔に戻した。

「やっぱり悩みをかかえてるのか」

「えっ」

「若衆を車に残し、ひとりで登ってきた。西本に相談事があったんやろ」

「読みすぎです。まだ刑事の癖がぬけていませんね」

「ふん」

「仕事の話はまじめに考えてみてください」

「誘うてくれるのはありがたいが、俺は、ふつうのサラリーマンに憧れてる。気楽な稼業て歌があったやろ。サラリーマンになって、あれを唄《うと》うてみたいねん」

「むりですわ」

「あっさり言うな」

「仕事はともかく、たまには一緒に呑みましょう」

「おう。就職祝いをしてもらうわ」

「よろこんで。ほな、帰ります」

五十嵐は腰をあげた。長居をすれば口が軽くなりそうだ。

坂を駆けあがる風が強くなっていた。

三宮の昼と夜を分かつ通りがある。

国鉄三ノ宮駅の北側から兵庫県庁前をとおって西へ伸びる道路を下山手通と称するが、繁華街の短い区間だけを生田新道、地元の人たちはイクシンと呼んでいる。昼夜を問わず大勢の人が行き交う、にぎやかな通りである。

五十嵐は、通りに面したステーキハウスに入った。

七年前、松原組の若衆になった村上義一が、初めて自前のしのぎを得たからと招待してくれた店である。もっとも、食事に招かれたのは西本と美山だったが、収監目前の西本は多忙で、親の代理として五十嵐がでむいた。

先に来ていた中原啓介が口をひらいた。

「ギイチはどうした」

「これんようになった」

「これか」

中原が親指を立てた。

「それしかない。俺の誘いを直前にことわったんやさかい」

「麻雀やな」

「はあ」

「おまえ、知らんのか。ひと月ほど前、松原は事務所の近くに雀荘をこしらえた」

「初耳や」

「むりもない。極道者は出入り禁止やそうな」

「本人はええのか」

「奥の個室でおとなしく遊んでる。女にやらせてるから、売上の協力なんやろ」

「あいかわらずタフなお方や」

五十嵐は笑顔で言い、ワインボトルを手にした。

中原が乾杯もせずにグラスを空ける。

白衣のコックがやってきた。

テーブルに嵌《は》め込んだ鉄板で、鮑《あわび》が身をよじり、伊勢海老が赤く染まった。

五十嵐は、コックが去るのを待って、中原を見据えた。

「ネタは拾えたか」

「ああ。けど、せっかくのご馳走や。急《せ》かすな」

中原が手を動かした。鮑も伊勢海老もポン酢に潜らせて食する。

五十嵐も箸を持ったが、食欲は湧かなかった。

ひとしきり食べたあと、中原が顔をあげた。

「先に教えろ。会議はどうなった」

神俠会本家で開かれた執行部の定例会から十日が経っている。

「栄仁会の件か」

「そっちはどうでもええ。どうせ喧嘩にならん。縁談のほうや」

「結論はでんかった」

「そうやろな。なんぼイケイケの青田かて、ひとりで押しきれる話やない」

「うちのことより、ネタや」

五十嵐は語気を強めた。苛立ちが声に滲んだ。

中原の表情は変わらなかった。

「おまえが知りたい七日会の内情やが、あそこはいま三つの派閥に割れてる」

「二つやないのか。山口の陽道会と京都の大黒《だいこく》一家……もうひとつはどこや」

「ここや」

中原が人差し指を床にむけた。

「ん」

「おまえの頭も平和の色に染まってきたんか」

「やかましい」

「七日会を結成し、束ねたのは誰や」

「あほな質問するな。本間《ほんま》組の親分さんに決まってる」

戦後の神戸の闇社会は、神侠会と本間組に二分されていた。昭和三十年代半ばまで拮抗していた勢力は、神侠会が神戸港の利権争いを制したのを境に大差がついた。

劣勢に立たされた本間組長は、西日本各地の同業者と連携し、反神侠会を錦《にしき》の御旗《みはた》に七日会を立ちあげたのだが、その要の本間組は兵庫県警の執拗な攻撃に耐えきれず解散に追い込まれてしまった。十年前のことである。

「まさか……栄仁会か」

「そうおどろくことか。栄仁会の西田会長はれっきとした本間組の本流や」

「けど、西田さんは七十歳で、七日会では実権のない名誉顧問に就いてる」

「世のなか、平和になると良き時代の昔を懐かしがるものらしい。神侠会に対抗する親睦団体の元締めが山口の田舎者ではあかんと……そんな気分になってるかもしれん」

「つぎの理事長には大黒一家の挽地《ひきち》総長がなると聞いたが」

「どうも吉岡はまだ退く気がないのか、来年の理事長選にでるための根回しに励んでいるらしい。で、大黒一家とその縁者らが怒りだした」

「れいの縁談が火に油を注いだのか」

「そうよ」

つぎの言葉を聞くまで、しばらく待たされた。中原はよく食べ、よく呑む。

「吉岡は二股を掛けてるのかもしれん」

「どういう意味や」

「陽道会にも内紛がおきて、吉岡はそれを鎮めるために九条の助けを借りた。吉岡と九条は切っても切れん仲や。九州一の親分が神侠会と縁を結べば、吉岡に反旗をひるがえす者にはとてつもない脅威になる」

「もう片方は」

「七日会への牽制や。大黒一家らが自分を理事長の座から引き摺りおろすつもりなら、九条のあとに続いて、自分も神侠会と手を組むと……」

「あほな」

「そう言いきれるのか。吉岡は悪知恵が働く。はったりをかますのもうまいそうな。吉岡は陽道会をしっかり束ね直し、その勢いで七日会の理事長を継続する。その願望を遂げるためには九条の助けがどうしても必要なんやろ」

「舐めくさって」

「おまえが怒ることやない」

「怒らんでどうする。神俠会が利用されるのやぞ」

「そうかな」

中原が薄く笑い、グラスをあおった。

神経がちくちくと疼《うず》く。思わせぶりな笑みが癇にふれた。

だが、いまは我慢するしかない。

定例会では吉岡のヨの字もでなかった。幹部の誰もが吉岡と九条の仲を知っていても、憶測でものを言えば墓穴を掘る危険がある。それに、青田若頭は、執行部の面々の胸中に配慮したのか、九条との縁談話については検討中としか言わなかった。

定例会では栄仁会への対応に時間の大半を割いた。

青田組による報復の発砲以降に表立った衝突はないが、緊張は続いている。騒動をおこした栄仁会の若衆は消息不明で、栄仁会側から和議の申し入れはない。他所の組長が仲裁に立つ用意があると打診してきたらしいが、青田は頑としてはねつけたという。

たっぷり間を空けたのち、中原が口をひらいた。

「あんまりカリカリするな。二股の話は俺の推測にすぎん」

「あんた、まさか……また、神俠会を掻きまわす気と違うやろな」

「勘ぐりすぎや。この前も言うたが、俺は平和を望んでる」

「それなら推測の根拠を聞かせろ」

「栄仁会がやたら強気になってる。西田が急に張りきりだしたのは、大黒一家の挽地と裏取引をしたからやと……そんなうわさも耳にした」

「裏取引て何や」

「西田のリリーフ登板や。七日会での吉岡と挽地の勢力は五分やさかい、割れたら反神侠会の旗を降ろさなあかんようになる。かというて、挽地側にしてみれば、約束を反故《ほご》にしての理事長続投はとても容認できん。いまひろまっている西田登板のうわさはな……どうやら挽地がその絵図を描いたみたいや」

「とりあえず西田の短期政権を立て、そのあと挽地が継ぐ……そういうことか」

中原がうなずいた。

「それで吉岡一派は納得するのか」

「吉岡はともかく、やつにちかい連中は七日会を割りたくないのが本音や。七日会を結成した名親分の、正統な後継者が理事長になるのなら、一応、妥協の名分は立つ」

五十嵐は、首をかしげたものの、なにも言わなかった。

おなじ極道者として気に食わない。そんなことでいいのかとの思いは強くある。

しかし、他所の内紛である。それを利用することはあっても、みずから手を突っ込めば極道者の筋目を違えてしまう。

中原が話を続けた。

「栄仁会が青田組に頭をさげん理由もそこらへんにあるのやろ。七日会の頭に立てそうな西田にしてみれば、簡単に腰を折るわけにはいかん」

「粋がっても、いずれ折れなあかんようになる」

「ならんと思うな」

中原が即座に返した。やけに自信たっぷりの口調だった。

五十嵐のこめかみがふくらんだ。

それを感じとったのか、中原がワインボトルを傾けた。

「もうひとつ。とっておきのネタを教えたる」

「もったいつけるな」

「おまえ、青田が栄仁会を力でねじ伏せんのはなんでやと思う」

「知るか」

「関西同和協会の川島英一は知ってるな」

「ほう」

思わず声がこぼれでた。

「その顔なら、青田と川島の仲も……」

「舐めるな。それくらいの情報はつかんでる」

「ほな、二人が神戸市北部の総合開発の利権に食いついてるのは、どうや」

「知らん。が、知っていようと興味ない」

「栄仁会との騒動で、青田は川島に動きを封じられているとしてもか」

「ん」

五十嵐は眉をさげた。

「今回の総合開発はぎょうさんのゼニが動く。神戸市の山手を東西に貫く高速道路と、その周辺にできるベッドタウンの予算総額は八百億円や。もちろん、工事を差配するのは大手の建設会社だが、下請へのおこぼれも半端な額やない。川島は、これまで以上に関西同和協会の圧力を利用し、青田の力も借りて、荒稼ぎを企んでる」

「それが栄仁会の件にどうつながる」

「川島は貯金箱みたいな幽霊会社を幾つも持ち、その会社の役員に青田の息のかかる連中が名を連ねてる。青田の嫁の身内とか、盃を交わしてない隠れ極道みたいな連中や。川島は、青田が派手に暴れて、そうした会社に警察の捜査の手が伸びるのを心配してるのやろ。工事入札の日が近いからな」

「警察は同和や在日に手をだせん」

「それは昔の話や」

中原の声が熱を帯びた。

「国産のおまえやからぶっちゃけて言うが……いまはもう、同和団体はアンタッチャブルの聖域やない。国や地方自治体は同和行政の見直しを検討しはじめ、マスコミも同和問題をとりあげるようになった。そうなれば遠慮はいらん。これからの捜査二課は、本腰を据えてやつらの犯罪事案を摘発するやろ」

「聞きとうない」

声に不快がまじった。

中原が訝《いぶか》しそうな表情を見せた。

「おまえがそんなことを気にしてるとは意外やった」

「気にするか。神俠会には同和も在日もぎょうさんおる」

昭和二十年代の神俠会は、人生の行き場を失くした、あるいは、見つけられない者たちの溜まり場であり、駆け込み寺でもあった。

五十嵐もおなじようなもので、神俠会を終《つい》の棲家《すみか》なのかどうかと考えたことはなく、とりあえず眼前の敵を打ちのめし、己の生きる場所を確保するのに必死だった。

三十年代になって敵が明確になると、意識が変わった。目標が見えたことで身体のどこかに潜んでいた欲がふくらみだした。

周囲の者たちの眼つきも変わり、獰猛な光にまぎれ、欲の色が潜《ひそ》むようになった。

あのころ、大河の傍らの淀みは温泉地獄のように滾《たぎ》っていた。

鮑と伊勢海老をたいらげると、コックが来て、ステーキを焼いた。

そのあいだ、五十嵐はぼんやりと過去のあれこれを思った。

コックが去ったあとで、中原が声をかけた。

「俺のネタは気に入ったか」

「まあな」

「相棒にするか」

中原が眼で笑った。

本気なのか、冗談なのか、判別しにくい笑みだった。

「はぐれ鳥が好みなんやろ」

「はぐれ鳥かて木に止まる」

「ほんま、わがままな男や」

中原がステーキを食べだしたので、五十嵐も箸を手にした。

また鉄板がきれいに片づく。

「長内とは連絡をとってるのか」

「せん」

中原がぶっきらぼうに言った。

「姫路署の刑事課長になって張りきってるみたいやが」

「どう」

「とぼけるな。青田組との癒着の件で、管理官と二人の刑事が処分されたやないか」

青田組の本部事務所は姫路市にある。

「よその島のことには興味ない」

「そう突っ張るな。ネタをくれたらクラブをハシゴしたる」

「いらん」

まったくとりつく島がなかった。

五十嵐は諦め、話題を変えた。

「安野さんの後任はどんな男や」

「おまえ、会《お》うてないんか」

「ああ。安野さんも引継ぎをしてくれんかった」

「そうやろな。兵庫県警の四課は日本の四課や。俺らは好き勝手にやってるけど、皆がそれくらいの気概は持ってた。そこに警備の課長が横滑りしてきて……上の連中がなにを考えてるのか、さっぱりわからんようになった」

「ずいぶんと顔ぶれが変わったな」

「四十七歳の俺が古参や。先が見えてきたわ」

「新任の本部長も神俠会との腐れ縁を断ちたいのやろ」

「それで仕事になるんか」

中原が声を荒らげた。

「めずらしいな」

「なにが」

「あんたの愚痴を聞けるとは思わんかった」

五十嵐はほんとうに驚いた。

中原はふてぶてしいほど強気一辺倒の男である。これまで愚痴のひとつどころか、県警内部のきな臭い話など聞いたことがなかった。

誰もが胸にひとつやふたつの不満を抱きながら生きている。

ふと、そんなことを思った。

「なにが不服やねん」

村上は、指先で罫紙を小突いた。

契約書には金八百萬円也とある。

立退《たちの》きの交渉開始から四か月が経ってようやく、団体交渉で当初額の五割増の一店舗六百万円で合意したのだが、それからひと月が過ぎたいまも三名が同意していない。

美山から彼らとの交渉を委任された。

——最初に食堂の主をおとせ——

美山にそう指示された。ほかの二人は立退きに反対しているのではなく、代替の住居と店舗の場所でごねているという。

「八百万あれば新築のマンションを買える。そんな大金を、マンションつき、店つきのおまけでもらえる。これ以上のおいしい話があるんか」

もどかしさに語気がとがった。我慢は限界に達しつつある。

——絶対に手をだすな。それ以外はなにをしようとかまわん——

たったひとつの制約がとてつもなく無理難題のように思えてきた。

もっと手っとり早く片づける方法は幾らでもあるのに、こんな手ぬるいやり方では相手にも、うしろに控える乾分らにも舐められてしまう。

――らくな仕事や――

美山は、五、六歳の小僧におつかいを頼むような口調で言ったのだが、おつかいの中身は素手で巨象を連れて来いと指示されたようなものである。

新開地から湊川に至る商店街の、ちいさな食堂にいる。時刻は午後七時前で、夕食時にでむいたのは予定の行動だった。

いやがらせの営業妨害は常套手段である。

もっとも、それをやった経験はなかった。博奕の借金の取立てや、賭場の客の依頼を受けてのトラブル処理はたまにやるが、それも大半は乾分にまかせている。

だから、交渉時の駆け引きなどを綿密に想定したうえで乗り込んできたのだった。

しかし、思惑はのっけからはずれてしまった。

食堂の書き入れ時なのに、入口には準備中の木札がぶらさがっていた。予告なしの訪問だから、店主が客への迷惑を考慮した措置とは考えられなかった。

六つのテーブルは埃を被り、そのひとつで老女が背をまるめて座っていた。

村上が用件を告げると、その老女は、慌てるでもなく、かといって不快感を露にするでもなく奥の厨房へ消え、入れ替わりに、おなじ年配の男があらわれた。

男の背は老女よりさらに曲がっていた。顔や首の皺も倍ほどある。似ているのはどちらの顔にも表情が乏しいことだった。

交渉人の来店に慣れているのか、人生を諦観したのか。

いずれにしてもやる気満々の意欲が削がれそうな風采だった。

それからすでに三十分が経っている。

村上は、ぐるっと首をまわし、ふくれあがる血管をなだめた。

「なんぼ粘っても、これ以上はむりや。ええか、この商店街におる三十二人のなかで、だだをこねてるのはあんたをふくむ三人や。残りの二人はもうすぐ判子を捺す。あんたらはよう頑張って立退き料をここまで釣りあげた。極道者も顔負けや。この金額を見たら、先に契約書にサインした人らは納得いかんと思うわ。そうやろ、爺さん」

「ようわかってます」

男がぼそっと言った。抑揚も、感情の欠片もない声音《こわね》だった。

「わかってるのなら、さっさとサインせえ。それが商店街の仲間への仁義やろ」

「仁義て、あんた……わては商売仲間への仁義より、親孝行を大切にしたい」

「そうごねるな。商店街の再開発は市の決定事項や。新開地は神戸市北部の総合開発の拠点になる。でかいビルが幾つも建って、さびれかけたこの街は昔以上の活気をとり戻す。眺めのええ部屋に住めて、一階か地下で商売ができて、そのうえにぎょうさんの立退き料をもろうて……天国の両親は、よう頑張ったと、ほめてくれるわ」

「そんなことはおまへん。土地がなくなる。この店はここらで最も古いんです。おじいちゃんの代から土地に根を張って商売をしてきましたんや。わてもあと何年生きられるか。この歳になって親不孝したら、ご先祖さまの墓に入れません」

「ほな、見晴らしのええ舞子墓園にでも、立派な墓を建てたる」

「先祖代々の墓で眠りたいねん。戦争で死んだ息子もおるし」

「悪いことは言わん。強制執行になったら、立退き料はこの三分の一になるで」

「裁判所が強制執行するのはずっと先の話やろ」

「はあ」

「首を洗《あろ》うて待ってます。わてら夫婦がそれまで生きてるかどうかわからんけど」

「あほなことを言うたらあかん。ゼニは生きてるうちに使うもんや」

「この歳になって何に使いますの。それに、いま立退きに応じても、ビルが建つのは二年後です。そのころにはくたばってるかもしれんし、さいわいにして生きていたとしても、あらたに店をやる体力なんて残ってませんわ」

「そのときは店の権利を売るなり、貸すなりしたらええのや。そのゼニで、冥土の土産に花のパリでも常夏のハワイでも行かんかい」

「どっちも行ってきました」

男の眼が笑った。

しぶとい笑みに感じた。それで、一気に血が走った。

「こら、爺い。ええかげんにさらせ」

腰がうきかけた。

同時に、背後で人の動く気配があった。同行している二人の乾分、金山五郎と上野《うえの》稔の忍耐は限界に近づいているだろう。

「おやっさん」

五郎の声にふりむいた。

ドア口に立つのっぽの男と視線がぶつかった。

鬼島《おにしま》組若頭の木谷昇《きたにのぼる》だった。

知人の金銭トラブルの処理で衝突して以来、四年ぶりに顔を見た。

それよりはるか以前、十八歳の村上は、仕事上の騒動から、身を守るためとはいえ、鬼島組の幹部を撲殺し、初めての懲役を経験した。

木谷が老人のとなりに座るなり、口をひらいた。

「あいかわらず威勢がええのう」

「あんたも元気そうでなによりや」

「ありがとうさん。ところで、この店に何の用や」

「わかっとって訊くな。ばあさんに呼ばれたんやろ」

「まあな」

木谷が薄い笑みをうかべた。

「この店は鬼島組が守《も》りしてるさかい、これから先は俺が相手したる」

「せんでええ」

「そうはいかん。何とかいう不動産屋が来たときも俺がつまみだした」

「俺にもできるんか」

年長の木谷だが、稼業で下手にでるわけにはいかない。四年前もそうだった。

「あんましはねっ返ると、また刑務所に戻るはめになるぞ」

「その前に、あんたは墓場に行く」

背後で怒声が飛び交った。

木谷は三人の乾分を連れていた。

「どかんかい」

「やかましい」

「なんやと、われ」

双方の若者が罵り合った。

「静かにせえ」

村上はひと声放ち、間髪を容れず、木谷に凄んだ。

「話は遠慮するけど、喧嘩ならとことんつき合うで」

「上等や。俺の島で好き勝手されて黙っとれるか」

「あんたの島……栄仁会の前でもおなじ能書きを垂れられるんか」

映画館やアイススケート場などの娯楽施設がある新開地は、浮世風呂と称するトルコ風呂がひしめく福原町と隣接していることもあって、幾つもの暴力団が根を張っている。

かつては本間組の島だった。本間組が解散したあと、後継組織の栄仁会とその傍系の鬼島組が島を共有するようになったのだが、やがて神俠会の加治組が事務所を構え、いまでは島の明確な線引きができない状況になっている。

もっとも、群雄割拠はこの地にかぎったことではない。

神戸の暴力団は末端組織までかぞえて百をくだらず、三宮や元町などの繁華街は当然のこと、各地区の商店街でさえ複数の暴力団が島を主張し、せめぎ合っている。

神侠会が一枚岩といわれているのは本家の直系若衆の結束の強さであり、下部組織に至ってはおなじ代紋どうしが衝突をくり返している。

村上は強気に言葉をたした。

「栄仁会は鬼島組の本家筋やないか」

「それがどうした」

「俺は栄仁会に筋をとおしてある」

「栄仁会の、誰や」

「言えんな」

「はったりかましてたら承知せんぞ」

「ほう。どうあっても面倒にしたいんか」

村上は、睨みを利かしたまま、五郎の名を呼んだ。

「おすっ」

「うしろのガキらがちょっとでも暴れたら、このおっさんに拳銃《チャカ》を飛ばしたれ」

村上は、木谷に顔を近づけた。

「準備完了や。やるか、消えるか……はっきり返答せえ」

木谷の眼がひるんだ。

「話し合おう」

「時間のむだや。あんたは的やない」

「わかった。きょうのところは引き揚げる。栄仁会に確かめなあかんさかいな。けど、こうして俺が出張った以上、おまえも帰ってくれ」

あんたの顔を立てろてか。

そのひと言は、風上に立てた余裕で吐かなかった。

《どあほ》

美山の怒声が鼓膜をふるわせた。

それまでの余裕が一瞬で吹っ飛んだ。返す言葉も見つからない。

食堂での出来事を電話で報告しているさなか、美山に一喝された。

木谷とのやりとりが癇にふれたようだ。

食堂とおなじ商店街の中華料理屋に入るやピンク電話に手をかけた。

店主は商店街の世話役で尾崎忠光《おざきただみつ》という。四年前の騒動の端緒となった男だが、そのときの経緯もあって、彼は鬼島組や加治組から離れ、いまは栄仁会を頼っている。

尾崎の息子の英伸《ひでのぶ》とは中学時代の悪ガキ仲間で、その縁を知る美山が、今回の仕事で尾崎の店を活動の拠点に使えるよう手配したのだった。

村上は、どうにもばつが悪くなった。背後のテーブル席にはひと組の客がおり、奥の一席では五郎と稔、それに英伸までが耳を澄ましているに違いなかった。

《聞いてるんか》

「ええ」

声がちいさくなった。

《なんで栄仁会を口にした》

「そのほうが相手に圧力が……」

《ぬかすな。楽さらしやがって》

「そんなつもりはありません」

《鬼島組など屁でもないが、栄仁会の名をだしたのは最悪や。今回の総合開発には、栄仁会のほか、青田組などの組関係が絡んでる。栄仁会と青田組の面倒で警察が眼を光らせ、俺も動きづらくなった。それで、おまえの出番が来たんや》

それを先に話してくれていれば、と反論はできなかった。

美山には、立退き交渉の経緯を教えられ、商店街を島に持つ栄仁会とは話がついていると言われただけである。美山が栄仁会の誰とつながっているのか、どれほどのしのぎになるのか、まるで知らない。

こと細かく訊《たず》ねれば美山への礼を失する。なにより、ひさしぶりの美山との連携に、心は舞いあがっていた。

「食堂のほうはあすにもケリをつけます」

《始末がついたら連絡せえ》

ぷつりと電話が切れた。

村上は受話器を叩きつけ、テーブル席に移った。

五郎らの顔は一様に強張っている。口は真一文字だ。誰が喫っていたのか、アルミ製の灰皿で紫煙が申し訳なさそうにゆれている。

村上は、恥と憤懣《ふんまん》をビールの泡にまぜてのみくだした。それでも、神経はささくれたままだ。誰も話しかけないのがそれに拍車をかけた。

中年カップルの客が席を立ち、英伸もレジ台へむかった。

客がいなくなってようやく五郎が声を発した。

「鬼島組に鉛を飛ばしましょうか」

「兄貴に手をだすなと言われてる」

「けど……」

「あのボケは相手にするな。それより、あしたや」

「おすっ」

「なあ」

戻ってきた英伸が遠慮ぎみに言った。

「なんや」

「電話での話やけど……食堂のおっちゃんはほんまに親孝行とか言うたんか」

「兄貴にうそはつかん」

「俺には信じられん」

「なんで」

「あのおっちゃんは普段から無口でおとなしいねん。今回のことで何度かの会合を持ったときも、黙って人の話を聞いてた。合意に反対するほかの二人が露骨に立退き料の上乗せを口にしてたのに、おっちゃんはなにも言わんかった」

村上は天井の片隅に視線をやり、食堂の老人とのやりとりを思いうかべた。

飄々としていた印象が残っている。

村上が提示した条件の詳細を訊くでもなく、具体的な金額を要求するでもなく、かといって、強行に突っぱねたわけでもなかった。

彼の表情からは、誰しもある欲を感じとれなかった。

わずかに感情が露出したのは海外旅行の話になったときだ。

あの不快な笑みの裏になにか隠れているのだろうか。

そんな疑念がめばえたとき、厨房から英伸の父親が顔を覗かせた。

表情は硬かった。四年前は息子とホテルに監禁され、殴る蹴るの暴行を受けた。今回は義心会が自分らの味方とわかっていても、恐怖心があるのだろう。

「なんか、気づいたんか」

村上はやさしく声をかけた。

「別人のような気がします」

「はあ」

「長いことつき合《お》うてるけど、あの人から親の話など聞かされたことはありません。先代が亡くなったのは二十年も前で、お彼岸の墓参りもしてないと思います」

「先祖代々の土地というのは」

「それはほんとうのことです。昔はここらの大地主でした」

「どんな感じの男やった」

今度は英伸に訊かれ、視線を戻した。

「小柄で、痩せてた」

「服は」

「普通やと思うが」

「白の割烹着は着てなかったのか」

「商売してないみたいや」

「いやがらせ……」

英伸が声を切り、眉をひそめた。

村上はピンと来た。

「賛成派の皆で営業妨害してるんか」

「そういうわけやないけど、交渉が長引けばビルの完成が遅れる。それで、ごうつくおやじとか、守銭奴とか言いふらして……客が寄りつかんようになった」

「そんな話はどうでもええわ。それより、割烹着がどうした」

「それよ」

英伸が元気づいた。

「商売にならんのに、夫婦していつも店におるし、おっちゃんは割烹着を脱がん。習慣というのか、癖になってるのやろ」

「これを見てもらえ」

父親が厨房から腕を伸ばした。

英伸が二枚の写真をテーブルにならべた。大勢いる。

「このおっちゃんや」

「ん」

村上は、英伸の指の先を見て、眼をまるくした。

集合写真の端にいる男は瘦軀だった。だが、あきらかに面相が異なる。

「役者か」

思わず声が洩れた。

「あのくそ爺い」

五郎が悪態をつき、立ちあがった。

村上は、写真を睨みつけ、奥歯を嚙みしめた。

酒場のネオンもさみしそうだ。

神戸の夜を彩る東門にも不況の波が押し寄せている。午後十時を過ぎても酔客の姿はまばらで、キャバレーのポーターたちの顔には元気がなかった。

つい二、三年前までの活気あふれる風景が遠い昔のように思える。

気分が重いせいもあるだろう。二日で仕事をおわらせ、これから依頼主の美山に会うというのに、足どりは負け戦の大将のようであった。

雑居ビルの階段をおりた。

ナイトサロン薔薇の扉の前でため息をついた。

なかに入れば泣き面は見せられない。意地も見栄も、極道者の小道具である。

ほの昏いフロアの真ん中で、白いグランドピアノがまぶしく輝いていた。

スポットライトを浴びる水色のドレス姿の女が、メロディに酔いしれるかのよう、細い身体をゆらしながらピアノを弾いている。

彼女を囲むようにして、七つの円形テーブルがある。客席につくホステスはおらず、三人の女バーテンダーと、二人のウエイトレスがいる。

美山は店のママと話していた。

二人の顔がうっすら赤いのはテーブルのキャンドルライトのせいか。

ウエイトレスがフロアに膝をつき、水割りをつくる。

ママとウエイトレスが去ると、美山がグラスを手にした。

「とりあえず、乾杯や」

美山の声にも顔にも棘はなかった。

それでも心の負荷は減らず、虚勢で背筋を伸ばした。

村上は、交渉の顚末を簡単に話した。電話では結果のみを報告していた。

「ほう。お役者か」

美山が愉快そうに言った。

お役者とは詐欺師をさして使う表現だが、相手を騙したりする者にも用いる。

「店の主は喋りませんでしたが、おそらく鬼島組の木谷が雇ったのでしょう」

「せこい男や」

「栄仁会のどなたかに迷惑はかかりませんでしたか」

「おまえの気にすることやない」

「けど……」

「これも勉強や。捌きでしのぐには上手に頭を使わなあかん」

「きっちり仕込んでください」

「そのつもりで、おまえを呼んだ」

言いおえる前に、美山が視線を逸らし、右手をかるくあげた。

村上も扉のほうに顔をむけた。

二代目西本組組長の五十嵐健司が近づいてくる。

どうして五十嵐さんが。

声がこぼれそうになるのを堪えて、すっくと立ちあがった。

「おう、ギイチ。元気にしてるか」

「はい。先日はすみませんでした」

「なんのことや」

美山が口をはさんだ。

「食事に誘っていただいたのですが、急に腹の具合が悪くなって」

「おまえの腹はチー、ポンて鳴くんか」

五十嵐のひと言に、村上はうなだれてしまった。

美山が破顔した。

五十嵐も笑顔で席についた。

半年ぶりに五十嵐と会った。

おなじ神戸で、おなじ稼業をしていても、そんなものである。

暴力団はがちがちの縦社会なので、親分どうしの仲が良くても、それがそのまま若衆らとの距離感には結びつかない。親の松原宏和が五十嵐をかわいがり、兄と慕う美山は五十嵐と五分の兄弟分ながら、だからといって、距離が縮まるわけではないのだ。

気づいたときはすでに、美山も五十嵐も笑みを消していた。

キャンドルライトの真上で、二人の視線がぶつかっている。

村上にはそう見えた。

蠟燭の炎に煽られ、いまにも火焰が立ちあがりそうな気がした。

にわかに脈拍が速くなった。

美山が口火を切る。

「話とは何や」

「わかってるやろ」

「わからん」

「とぼけるな。兄弟は、栄仁会の土井とつるんで、新開地の不動産売買に首を突っ込んでるそうやないか」

五十嵐はいつも美山を兄弟と言う。

「それがどうした」

「時期が悪い。あんまり派手に動かんほうがええ」

「そら、おまえの親切か。それとも青田さんの警告か」

「俺や」

五十嵐が語気を強めた。

村上は、瞳だけを左右にふりながら、息を殺して二人の気配をさぐった。

どちらの顔にも態度にもまだ余裕が感じられる。

美山の言葉がうかんだ。

――そのつもりで、おまえを呼んだ――

美山はこういう雰囲気になるのを想定していたのだろう。その原因のひとつに自分が絡んでいるのも、己の言動がきっかけになっただろうことも漠として感じた。

五十嵐が言葉をたした。

「たしかに、若頭から神戸市の開発事業のことは聞いたが、仲裁に立てと頼まれたわけでもないし、ましてや、警告しろとは言われてない」

「あたりまえや。利権は競合してへんさかいな。俺は新開地の土地の整理で動いてる。青田さんは、新路線周辺のベッドタウンがしのぎのメインや」

「ほんまか」

「心配してくれるのはうれしいが、きっちり事情を踏まえてからものを言え」

五十嵐が眉間に皺を刻んだが、美山はかまわず話を先に進めた。

「新開地の立退きの件と……青田さんは口にしたのか」

「ああ」

「それなら、話の出処はひとつしかない」

「加治か」

「ほかにおらん」

「兄弟と加治の仲はどうなんや。高木さんが死んでひえきったか」

「おまえとおなじよ。おまえは、同門の、かつての兄貴分を呼び捨てにしてる」

五十嵐が苦笑した。

「それにしても加治のやつ、高木派の連中とつき合わんようになったと聞いていたが、青田さんに接近するとは、たいしたタマや」

「そんな話より、事情とやらを説明してくれ」

「聞いてどうする」

「約束はできんが、すこしは役に立てるかもしれん」

「おまえに面倒をかけるまでもないが、ギイチも絡んでるさかい話はしておく」

美山が煙草を喫いつけてから視線を戻した。

「四年前の騒動は覚えてるな」

「ギイチと鬼島組……あのときも加治のでしゃばりが発端やった」

「今回は逆や」

美山は、新開地での村上の行動を話しだした。

五十嵐はグラスを片手に、ときどき頷きながら聞いていた。

「ここからは俺の推測やが、鬼島組の木谷と加治は手を組んでると思う。鬼島組は新開地の東半分と福原を島にしてるさかい、新開地の西側を抑える加治との摩擦はすくない。二人の共通の邪魔者は栄仁会ということになるが、木谷は表立って本家筋の栄仁会に刃向かえん。で、加治を頼った。加治の特技は知ってるな」

「手形のパクリか」

「ああ。やつは関西の詐欺グループとつながってる」

「なるほど。ギイチが相手した役者もその一味というわけか」

「たぶんな。ところがしくじって、今度は青田さんに泣きついた」

「青田組と栄仁会の騒動を利用したのやな」

「コバンザメにはその程度の知恵しかない」

加治が高木に擦り寄ったとき、口さがない連中は彼をコバンザメと揶揄《やゆ》した。

かつて、美山も似たような陰口をたたかれた時期があった。

村上はそんなことを思いだした。

五十嵐がしかめ面で応じる。

「加治はともかく、くれぐれも若頭とは揉めるな」

「わかってる。そやから一歩退いて、ギイチを前に立てたんや」

「ギイチでは緩衝役にもならん。おまえとギイチの仲は誰もが知ってる」

「それも計算済みや。ギイチを弾除《たまよ》けに使《つこ》うたりはせん。俺が一歩退いているのをわかってもらえればそれでええ」

「何とかザメと違うて、兄弟はよう知恵がまわる」

「けど、わかってもらえんのなら意味がないわ」

村上は、胸にざらつきを覚えた。緩衝役とか、弾除けとか。そんな言葉にむくれたのではない。美山の胸中を思う心がゆれているのだ。

日本海の船上で、村上は川島とのかかわりを話した。意識して、川島と青田の関係を伏せたのだが、あのときはすでに美山は二人の関係を知っていたのではないか。

そうだとすれば、どうして今回のしのぎに自分を加えたのか。

――ひとつぐらい義理返しをせなあかんやろな――

あのひと言と今回のしのぎは相容れない。美山が五十嵐に言うとおり、新開地の商店街の立退きが青田組のしのぎと競合していなければいいのだが、そうでなければ、美山は自分にも二枚舌を使ったことになりはしないか。

以前ならそんなことは考えもしなかった。

走り使いの小僧扱いだろうと、使い捨ての盾にされようと、反発しないどころか、不満の欠片さえ抱くことはなく、よろこんで美山の役に立ちたいと思ったはずである。

その自分がいまは、美山の胸のうちを、頭のなかを読もうとしている。

胸のざらつきは、自分の変化への戸惑いでもあった。

とっぱくれでも阿呆者でも、生きていれば知識が増え、知恵がまわるようになる。

それを汚いことのように思うのは、己が未熟なせいなのか。

「どうした」

声をかけられ、ゆれていた心と視線を美山にむけた。

「俺らの話は退屈か。それとも、不満でもあるんか」

「ありません」

「気に食わんのなら、帰らんかい」

村上がものを言う前に、美山は五十嵐に話しかけた。

「ところで、俺はいつまで退いとればええのや。青田さんもおまえに相談するのなら、そのへんをきっちり示してくれんと埒《らち》があかん」

「そう突っかかるな」

「のんびり構えてられんのや。公共工事は待ったなし。美山組としてはしばらくこれ一本でしのぐ算段をしてる」

「新開地の立退き以外にも絡むのか」

「まあな。青田組のしのぎにちょっかいださんでも、市北部の開発事業と並行して兵庫区と長田区の区画整備が始まる。それこそ俺の地元や。誰にも気兼ねはいらん」

「ほう」

五十嵐が意外そうな顔をした。

「なんや」

「長田区は高木組も島にしてるやないか」

「関係ない。高木さんは地元の出身やったが、二代目は他所者……遠慮はせん」

「個人と組織は別か」

「あたりまえや。おまえのことは気になっても、西本組は眼中にない」

「どうした」

五十嵐の表情がやわらいだ。興味ありげというより、たのしそうに見える。

「ん」

「昔の兄弟に戻ったような意気の良さや」

「あほなことぬかすな。俺は、昔もいまも変わらん。まわりの眼はともかくな」

「ひとつ、訊いてええか」

「ああ」

「なんで、ギイチに手伝わせる」

「さっき言うたやないか。青田さんの顔を立てた」

「建前やない。本音のほうや」

五十嵐の語気は吹き矢の先端のようだった。

だが、美山は眉毛の一本も動かさなかった。

また、テーブルの上に張り詰めた空気がよどんだ。

いったい、この二人の関係はどうなっているのだろう。

これまでも幾度か緊迫の場面に立ち会わされている。

突然に雷光が走ったかと思えば、一転して、さわやかな風が流れる。春嵐と小春日和が交互に、唐突にやってくる。

そうなるのを予期していても、村上はいつも困惑し、おなじことを思う。

五十嵐が言葉をたした。

「ギイチは松原組の幹部や。へたすれば代行と若頭の関係がややこしくなる」

「なんべんも言わすな。新開地のしのぎは青田組と競合してへん。それとも……」

美山が身を乗りだした。顔がさらに赤く映えた。

「青田さんは、加治を使うて、俺と栄仁会のしのぎにちょっかいだす気か」

「なんぼ何でも、それはないと思う」

「まさか、栄仁会との和解の見返りが今回のしのぎということはないやろな」

「勘ぐりすぎや」

「それならええのやが」

「気になることでもあるのか」

「あったとしても、おまえには話せん」

つかのま眼光をぶつけ合ったあと、五十嵐が視線をおとし、グラスを手にした。

美山は椅子に背を預けた。

村上の脈拍はまた速くなった。

ガラス窓のむこうに、兵庫県警察本部の建物が見える。

その窓を背にして、青田一成が白革のソファにふんぞり返っていた。

丸顔の横に警察徽章が見えるのは偶然か、意識してのことか。

どっちにしても趣向が悪すぎる。

五十嵐は、そう思いながら室内を見渡した。

十畳ほどの洋室にあるのは、ソファのほか、おおきなデスクと壁に掛かる風景画しかなく、青田の素性を示す代物《しろもの》はひとつもなかった。

五十嵐は、青田の正面に座って話しかけた。

「ここはなんですの」

「見てのとおりや。プライベート・ルームいうんか。となりの会社の社長が、好きに使えと貸してくれてな。ときどき、商談とかで利用してる」

青田の口から商談という言葉がでたのはびっくりで、滑稽にも思えた。

「それにしても、えらい場所ですね」

「あれか」

青田が親指の先をうしろにむけた。

「ここほど安全な場所はないやろ」

「そうかもしれませんけど、むこうからもまる見えです」

「ええやないか。神侠会の若頭がこそこそしてたら絵にならん」

「ここには若衆を連れてこないのですか」

「となりの部屋に控えさせてる」

「となりは堅気の会社と……」

五十嵐はとぼけて言った。

オフィスビルのエントランスの郵便箱を見たし、さらに、この部屋に入る前にはとなりが神和設計の事務所なのを確認した。神和設計が関西同和協会の川島の会社で、実体のない幽霊会社なのは県警本部の中原から聞き知っている。

「気にするな。とにかく、本家の幹部をここへ招いたんはおまえが最初や」

「で、なんの用ですか」

三十分前、西本組事務所に電話があって、すぐに会いたいと呼びつけられた。

「決まってる。美山と会《お》うたんやろ」

「自分を見張ってますのか」

「あほか。おまえの性格や。会わんわけがない」

五十嵐は苦笑を洩らした。

たしかにそのとおりだ。青田は自分の気質を見抜き、新開地の件を話したのだろう。

それにしても、美山に会ったのは昨夜である。

背筋に薄ら寒いものを感じながらも、重くなりかける口をひらいた。

「美山は、若頭の顔を立ててるようです」

「わかるかい」

「新開地の立退きの件に若頭も絡んでますのか」

「そうやないけど、美山のことや。どこまで手を伸ばしてくるかしれたもんやない」

「あいつは好んで面倒をかかえ込むようなまねはしません」

「そうかのう」

「あいつのことなら、若頭より自分のほうがすこしは知っています」

「さすが、兄弟分や」

青田が嫌味たっぷりに言った。

五十嵐は受け流した。青田が美山を嫌っているのは先刻承知である。

「美山は、青田組と栄仁会との騒動を気遣って、一歩退いたそうです」

「代わりに、松原組の村上を立てた。おかげで、心配事が増えたわ」

「松原組は関係ありません。美山とギイチの仲は知ってのとおりで、ギイチの台所がしんどいさかい、美山が手伝わせてますのや」

「ほんまにそれだけか。松原の伯父貴を後ろ盾にしたかて、俺には通用せんぞ」

「うがちすぎです」

声がとがった。

邪推にもほどがある。それに、松原を見おろす言い種は神経にふれた。

青田は気にするふうもなかった。

「松原組はともかくとして、美山は風見鶏や。伯父貴の恩に泥を被せてまで高木になびいたくせに、高木が死んだらまた伯父貴に擦り寄る外道やないか」

「……」

「おまえも難儀やのう。できの悪い兄弟分を持って」

「あいつにもええところはあります。それに、西本のおやじが決めた縁です」

五十嵐は息を止め、青田の双眸を睨んだ。

西本の名をだしてもなお、青田が悪態を吐くなら席を立つしかない。

それでも執拗に絡まれたら殴り飛ばす。

十秒か。三十秒は過ぎたか。

青田が息をぬき、口元をゆがめた。

五十嵐も息をついた。

「ところで、新開地の話のネタ元は加治ですか」

「ん」

「若頭のしのぎと競合してないのに、情報が早いようで」

「まあな」

「加治に加勢しますのか」

「のう」

青田が背をまるめ、顔を近づけた。

「言葉がすぎやせんか。加治も西本組の出で、かつてはおまえの兄貴分や」

「西本組では短い縁でした。しかも、おやじのはからいで本家の直系になれたのに、おやじが刑務所に入ったとたん、加治は高木さんに接近し、うちの反目にまわった」

「むりもない。おまえにはわからんやろが、俺はやつの気持ちがようわかる。組のために懲役へ行ったのに、戻ってみれば己の居場所がなくなってた。おまえのせいとは言わんが、本人にしてみれば納得できんかったやろ」

「若頭も……」

「一緒にするな。たしかに、俺も西本組の跡目を継ぎたかった。が、二代目西本組の親分としてやなく、青田一成として頭に立つ気でおった。そやから、心の切り替えができたし、先代を怨むこともなかった。そのへんが、俺と加治との器量の差や」

「美山も若頭とおなじ心構えやと思います」

「どういう意味や」

「美山は一本立ちしても、代行への恩義は忘れていません」

「打算があってのことやろ」

「打算なら誰にでも……この自分にもあります」

「わいをだしぬいて、本家の四代目を狙うか」

「その時がくれば」

五十嵐は平然と言いのけた。

青田の瞳に炎があらわれた。

あまりの勢いに気圧《けお》されそうになったが、視線は逸らさなかった。

自分は青田とは違う。西本組二代目として生きている。

身体の真ん中には西本が在る。

ゆっくりと炎が霞んでゆき、やがて青田が頬を弛めた。

「おまえは家康か」

青田が真顔に戻した。

「十年前までならそれでもよかったが、いまはあかん。平和な世のなかで機が熟すのを待ってたら、そのうち腐れおちる」

「心に留めておきます」

青田がうなずいた。だが、顔に得心の色はなかった。

「ところで、栄仁会の件はどうなりました。あの事件から二十日になりますが」

「なしのつぶてや。詫びのひとつも言うてこん」

「むこうの、金子とかいう野郎は見つかりませんのか」

「雑魚《ざこ》はどうでもええが、栄仁会にはけじめをつけんとな」

「襲撃班を潜らせているのですか」

「するか。俺のほうからは動かん。神俠会の若頭が先頭に立って、格下相手に旗を振ったらみっともない。同業にも笑われる」

「誰か仲裁役でも」

「そんな者はおらんし、いらん。むこうが詫びを入れてきたら済む話や」

「詫びに条件は」

青田が額に皺を走らせた。

「もしかして、美山に頼まれての質問か」

「自分の一存です。若頭の腹ひとつで、代行に動いてもらおうと思うてます」

「美山ならともかく、なんで、松原の伯父貴やねん」

「逆に訊きますけど、美山の仲裁でも受けますのか」

「納得できる詫びなら考えんこともない」

「納得の中身は」

「いろいろある」

「要は、若頭の顔が立てばええのですね」

「まあ、そういうことになるかのう」

青田にしては歯切れが悪かった。和議の条件に腹案がありそうな顔をしている。

それが気を急かせた。仔細にわたって話をすればまとまる話もまとまらなくなる。

「まかせてもらえませんか。いつまでもほうっておくわけにもいかんでしょう」

青田は応えなかった。

五十嵐は畳みかけた。

「代行と相談して和議を進めます。それでかまいませんね」

「そやから、なんで伯父貴なんや」

「代行と栄仁会の西田会長はそれなりのつき合いがあるそうです」

「伯父貴か美山に打診されたんか」

「それは、絶対にありません」

青田が低く唸り、ややあって口をひらいた。

「ええやろ。ほかならんおまえの頼みや。とりあえず、まかせたる」

「おおきに。神侠会の若頭の顔を潰さんよう段取りします」

五十嵐は、神侠会の若頭の顔、に意識して力をこめた。

あくまで極道者としての筋目をとおすのが和解の目的で、私利私欲は絡めない。

そう釘を刺したつもりである。

松原の仲裁で和解になれば、当面、青田と美山の腹のさぐり合いは鎮まる。

そんな読みがあって面倒事を背負う気になっている。

青田が頑丈な身体をソファに沈め、煙草をくゆらせた。

「ほな、さっそく」

五十嵐は腰をうかせた。長居をして気が変わられてもこまる。

「待たんかい。俺の用はまだ済んでへん」

「ほかに、なにか」

「栄仁会の話はついでや」

五十嵐は腰を据え、身構えなおした。

青田に呼ばれてのこのこ出てきたわけではなかった。

短い時間のなかで青田の用向きの中身を考えた。

栄仁会との騒動よりも九条組との縁談が気になった。先の定例会で議題にならなかったのも、県警四課の中原以外から情報を得られないでいるのも、思案の背景にある。

依怙地《いこじ》の塊のような青田が易々《やすやす》と諦めるはずもなく、そうだとすれば、青田は密かに、着々と手を打っているだろう。

そう推察した。

「九条組との縁談のことやが……定例会のあと、佐伯と矢島のおっさんに呼び止められて、考え直せと言われた」

「どう返答をされたのですか」

「わかりましたとは言えんわな。かつての伯父貴とはいえ、いまは俺の下におる。俺を若頭に推してくれた人らやさかい意見は聞くが、指図はされん」

「お二人とも、それくらいはわきまえてます」

「そうかな。前にも話したと思うが、最近はなにかと注文が多すぎる」

「どうされますの」

「さすがの俺も、ひとりではおっさんらを抑えきれん。そこでや」

青田が身を乗りだし、灰皿に煙草を潰した。

「おまえの力を借りたい」

「自分が味方しても多勢に無勢は変わらんでしょう」

「そうでもない」

青田がニッとした。

「おまえ、陽道会の吉岡と盃を交わせ」

「えっ」

思わず、五十嵐は顔をしかめた。しかめたまま左右にふった。

「俺の頼み……このとおりや」

青田が頭をさげた。

五十嵐は青田が顔をあげるのを待って口をひらいた。

「そんな話を定例会に持ち込めば、とんでもない騒ぎになります」

「ならん。ならんようにする」

「どうやって……」

「横浜の誠和会の理事長を仲人に立てる。あのお人は三代目と五分の兄弟縁を結ばれてた。おっさんらに仲人の顔を潰すようなまねはできん」

「誠和会とは話がついてますのか」

「おまえしだいかな」

　ふくみのあるもの言いにむっときた。

　それを堪えて訊いた。

「そこまでやる理由は何ですの」

「九条と吉岡の両方と縁を結べば、九州と瀬戸内のどっちも手に入る」

「九州はともかく、瀬戸内ではぎょうさんの血を流しました」

「いつまでも遺恨を引き摺るな」

「陽道会との戦争は神俠会の存在そのものです。これほどおおきくなっても神俠会が一枚岩でいられるのはあの戦争を経験したからやと思います」

「おまえの頭も古すぎる。ええか。相手は白旗を揚げて、神俠会を頼ってきたのや」

「鵜呑みにはできません」

「せんでええ。むこうに思惑があろうと関係ない。これは神俠会の力を誇示する絶好の機会や。俺は、亡くなられた三代目の野望を引き継ぐ気でおる。全国制覇や。いずれ関東に神俠会の代紋を掲げるが、そのためにも九州と瀬戸内を治めなあかん」

「全国の極道者に神俠会のバッヂをつけさせる気ですか」

「そうよ。それこそ三代目の悲願や」

それは絶対に違う。

五十嵐は、でかかった言葉をのんだ。

同時に、いまの青田になにを言ってもむだと悟った。

——身内の結束のために戦をしとる。極道社会は仮の世界や。赤の他人どうしが親子兄弟の盃を交わし、義理の家族を成して生きてる。だからこそ義理を謳う。謳わなければ家族は崩壊する。結束のために闘い、闘うことで義縁の絆を深める——

かつて親の西本は、三代目の胸中をそう読んでいた。そして、こうもつけ加えた。

——極道者が好んで使う義は、仮の意味や。義の親子に、義の兄弟。友もおなじ……極道社会に親友はできん。義の友や。そのへんをよう心しておかんと、どこかで必ず道を踏み違える。わしらは、月あかりも届かん、暗い細道を歩いてるのや——

西本の言葉が真理かどうかはともかく、敵がいなくなった極道者は、なにを心棒に据えて生きてゆくのか。

縦も横も緩んでしまった絆なら、極道者たちの行く先は見えている。

ちいさな淀みで惨めな共食いを始めるか、大河に流れでて、非道狼藉《ろうぜき》を働くか。いずれは一般市民の、それも老人子どもを相手にする時代がくるかもしれない。

五十嵐は、ふるえる心をなだめすかした。

「ええか。吉岡との盃の件は進めるで」

青田のだみ声が響いた。

「おことわりします」

五十嵐はきっぱり言い放った。

青田が眼をまるくした。いまにもこぼれおちそうだ。

「おんどれ、本家若頭の言うことが聞けんのか」

「陽道会と盃を交わせば、死んだおやじに殺されます。三代目あっての西本勇吉……それがおやじの口癖でした。自分は、西本あっての五十嵐です」

「西本の親分は死んだ。いまのおまえは神俠会に忠義を尽くすのが筋やないか」

「自分の」

五十嵐は右手のひらを心臓にあてた。

「おやじはここにおります」

「どあほ。時代が違うんや、時代が……俺も加治も山口での戦争で懲役に行った。その俺にむかって、神戸でのほほんとしてたおまえが見得を切るな」

「どうしてもと言われるのなら、執行部に諮《はか》ってください。決定には従います」

「ええ根性しとるやないか。ようし、わかった。そこまでほざくのなら、栄仁会との和議の話は聞かんかったことにする。松原の伯父貴の出番もなしや」

「わかりました」

「もう、いね」

青田が顎をしゃくった。

五十嵐は、一礼して席を立った。


降りしきる雨のなか、地鳴りのような歓声が沸きあがった。

大津のびわこ競輪場は、冷たい雨も蒸発してしまうほどの熱気に包まれている。

雨の宮杯。昭和三十年以降、六月か七月初旬に開催される競輪の高松宮杯は、いつしかファンにそう呼ばれるようになった。特別競輪は日本選手権、高松宮杯、オールスター、小倉競輪祭と四つあるが、なかでも、開催地が固定されている高松宮杯と競輪祭は、地元地区の競輪ファンの圧倒的な支持を得ている。

五十嵐は、耳をつんざく喧騒にめまいを覚えた。酔っているのかもしれない。酔ったとすれば、バンクに浮く水を切り裂く車輪の音のせいだ。

——そらもう、どえらい騒ぎですわ——

眼前の現実は、昨夜の電話で新田に教わった知識をはるかに凌駕した。

一万五千人はいるだろうか。正面スタンドはもちろん、一、二コーナーのスタンドも観客がひしめき、皆が顔面をひきつらせ立ちあがっている。

九名の選手が団子状態で四コーナーに殺到してきた。

観客のボルテージはさらにあがり、車輪の音は悲鳴と怒声のなかに埋もれた。

「そこや、荒木っ」

「荒木、いてまえ」

まわりのあちらこちらから荒木の名が飛び交う。地元期待の星・荒木実が準決勝を走っている。ここ数年の競輪は東日本の選手が圧倒的な優位に立っていた。藤巻昇、清志兄弟を筆頭に特別競輪のタイトルのほとんどを東日本の選手が獲っており、そんな状況下で荒木は前々年の宮杯を制し、ことしも関西の競輪ファンの期待を一身に背負っている。

そんな競輪界の現況も新田に教わった。

眼前を選手が駆け抜ける。矢のような速さだ。

歓声が炸裂し、どよめきがまじる。ため息も聞えた。

ゆっくりと群集がちらばりだした。それでも、残響が雨に打たれている。

「ごついわ」

耳元で声がした。

五十嵐は顔を横にむけた。

特別観覧席のとなりにいる松原は笑顔だった。

「不景気なほど博奕は流行《はや》るというが、ほんまやのう」

「これほどまでとは思いませんでした」

「おまえ、現場は初めてか」

「ええ」

「わいは二十年くらい前に行ったことあるが、他人が走る自転車に大事なゼニを賭けて、なにがおもろいのかわからんかった」

「当時とはスピードが違いますのやろ。あの音のせいで、やみつきになりそうですわ」

「わいもや」

松原の声がめずらしく弾んでいる。

「しかし、なんで競輪場に来る気になったのですか」

「気まぐれや」

「そんなわけはないでしょう」

「まあ、いろいろ都合がある。ところで、あのあと、青田と話をしたか」

「いいえ。代行と相手方が本家をでられるとすぐに若頭も退席されたので……俺は、美山と残って、後始末をしていました」

おとといの六月二十九日、神俠会本家において、青田組と栄仁会の手打ちの儀が執り行なわれた。仲裁人が松原宏和、立会人は大黒一家の総長、挽地政五郎《まさごろう》であった。

その十日前、五十嵐は、青田と別れたあと松原の自宅へ直行した。

別れ際の、青田の威《おど》し文句は気にしなかった。

松原が仲裁に立てば、青田は受ける。

その思いは確信にも似ていた。

青田が総合開発の利権に縛られているのはしかと感じとった。

だからこそ、五十嵐は青田の威嚇を真っ向から受け止められた。

あの話に至るまでのやりとりで感情が熱くなっていたせいもある。

自分と陽道会の吉岡との縁組などもってのほかで、そんな縁談話が進めば、西本は草葉の陰で泣くどころか、地獄から飛びだしてきて自分を叩きのめす。

そう思えば曖昧な返事をできるわけがなかった。

青田の言うとおり、誠和会の会長が仲人として登場すれば、執行部内の意見は割れるだろう。本音では二組の縁談に反対でも、極道社会の筋目が心をまよわせる。執行部の総意として縁談を潰すのは簡単だが、それは同時に仲人の顔を潰すことにもなる。

五十嵐は、青田との間に亀裂が生じるのを覚悟で、極道者の義を護ったのだった。

松原には、自分と吉岡の縁談話を除いて、青田とのやりとりを詳細に語ったうえで、青田組と栄仁会の手打ちの仲裁役を頼んだ。

松原がどう動いたのかはわからない。松原には、和議がまとまるまではいっさい関与するな、と命じられた。自分と青田の関係を気遣ったのだろう。

三日後に美山から青田組と栄仁会の手打ちが決定したとの報告があった。

騒動の発端となった金子を絶縁処分にし、金子の親である栄仁会幹部の小指と青田の乾分の治療費として五百万円を青田に手渡す。

それが和解の条件のすべてだった。神戸市が推し進める開発事業の利権や九条組との縁談にまつわる条件はまったくなかった。

美山によれば、青田は即答を避けたものの、その日のうちに応諾したという。

その報告を聞いたとき、五十嵐は安堵《あんど》のため息を洩らした。

青田が松原の仲裁を受諾すると予期していても、やはり不安だった。

自分の画策が裏目にでれば、青田組と栄仁会の騒動がこじれるどころか、面子を気にする青田が、関西同和協会の川島の意向をはねつけてでも、報復に走る恐れがあった。

青田と美山の駆け引きも度を増し、松原と青田の関係もぎくしゃくしただろう。

ひとつの和議調停の失敗が神俠会におおきく、危険をはらんだ波紋をおこす。

その責任はすべて自分にある。

だが、極道社会で一本立ちするというのはそういうことなのだ。リスクを避けて生きれば同業者に舐められ、乾分らの信頼と畏怖は得られない。

かつて西本はみずから進んで戦場に立ち、さまざまな仲裁役を買ってでた。

五十嵐は、身のまわりに面倒事がおきたとき、西本ならどう対処するかと思う。

同時に、己の未熟さを実感させられる。

たしかに、一事があれば真っ先に行動し、西本に忠誠を尽くした。それをもって、同業者に己の存在感を示し、それなりの評価を得ても自分に自信を持てなかった。西本が死んだあとも己の意思で動いたことがなかったせいだと思う。

だから、今回の画策は不安であったし、反面、己を変える機会でもあった。

松原が顔をふり、満面に笑みをうかべた。

五十嵐は、松原の視線の先を見た。

階段をのぼって、男が近づいてくる。京都を地盤にする大黒一家の総長、挽地だ。面相はゴリラそのもので、強面《こわもて》だが、どこかほっとする愛嬌がある。

五十嵐は腰をあげて会釈した。

言葉を交わしたことはないが、義理掛けの宴席などで顔は見知っている。傍《そば》までできた挽地のちいさな眼には親しみが湛えられていた。

「遅うなって、すんまへんな」

「なんの」

松原が気さくに応じた。

「そのあいだ、レースを堪能させてもろうた」

「そら、よろしおました」

五十嵐は席を譲ろうとしたが、挽地に遠慮された。松原と挽地の会話が続く。

「ほんま、おもろかった」

「その顔は……懐も潤ったようですな」

「儲かってるのはそっちやろ。これほどの客や。しかも、熱にうかれとる。客はなんぼでもゼニを張りまくってるやろ」

「年に一度くらいええ思いをせな。神俠会と違《ちご》うて、うちは日ごろのしのぎが薄い」

「名門の親分がなんの寝言をほざくか」

大黒一家は江戸末期から続く博徒集団で、挽地は五代目となる。

「歴史や看板で飯を食える時代やおまへん」

「鯛は鯛や」

「神戸あたりのフカにいつ食われるか。ひやひやしとる」

「あほくさ」

「冗談はともかく、つぎのレースがおわったら、若い者を迎えにこさせます」

「おう。ひさしぶりの京都や。たのしみにしとる」

挽地が階段をおりる。

背が凜《りん》として見えるのは白シャツに走る赤のサスペンダーのせいか。

「やつが今回の功労者や。七日会のお家の事情を利用させてもろうた」

「ほう」

五十嵐は、驚いてみせた。

功労者への礼を失しないための演技だった。美山からの経過報告で、挽地が立会人になると知ったときは、してやったりの笑みがこぼれでた。

松原は神俠会のそとにも幅ひろい人脈を持つ。挽地総長もそのひとりである。

県警本部の中原の情報が正しければ、松原は挽地を懐柔する。

その読みはずばり的中した。

だがしかし、松原への礼儀が無意味だったと悟るのに時間はかからなかった。

「おまえもタヌキになりおって」

「はあ」

「とぼけるな。おまえは七日会の内紛を知ったうえで、わいを担ぎだしたんやろ」

五十嵐は首をすくめた。

松原が呆れ顔を見せた。

やりとりをたのしんでいるふうにも感じた。

「まあええ。今度はおまえの本領が試される」

「試されるとは……」

「青田は必ずおまえを頼る」

「頼られてもこまります」

「そらそうやのう。おまえは西本の一の乾分や。青田の風下に立つわけがない」

ひと言ひと言が胸に突き刺さる。

ひや汗がにじんだ。胸のうちを読まれている。

青田が自分と吉岡の縁組を画策しているのも承知のような口ぶりだった。

松原が言葉をたした。

「きょうは挽地に招かれてる。もっとも、やつの世話になる気はない。立会人を要請したのはわいや。その義理は早めに返しておかんとな」

「祇園に連れて行ってもらえますのか」

「なんや。おまえ、眼が輝いとるぞ」

「初めてですねん」

「お山のてっぺんを狙う男がなさけない。社会勉強もしっかりせんかい」

松原の声には、先ほどの狐とタヌキの化かし合いの余韻が残っていた。

自分も化かされているのか、それとも、度量を試されているのか。

松原は、そんなことを思う隙も与えなかった。

「最後のひと勝負といくか。せっかくのお招きや。おちてるゼニは拾わなあかん」

板場の隅に女がいる。すこし背をまるめ、食器を洗っている。

歳は三十半ばか。細面《ほそおもて》の美形だが、艶がなく、頬にうっすらと翳《かげ》がある。

五十嵐は、ちらっと女を見て、視線を正面に戻した。

新田はあいかわらずの無表情だ。女の存在を無視しているようにも見える。

それだけで、五十嵐には、新田と女の関係がわかる気がした。

ビールと小鉢をだしながら、新田が話しかけてきた。

「ええことがありましたか」

「ん」

「兄《あん》ちゃんの顔……」

「おまえは八卦見《はっけみ》か」

「冗談を……けど、きょうはええ顔されてます。ひさしぶりに見ました」

「前はいつや」

「西本の親分さんが本家の若頭になられたとき」

「俺は十年以上も辛気臭い面をしてたんか」

「そういうわけや……」

「おまえの言うとおりかもしれん」

五十嵐はビールをあおり、ふうっと息をぬいた。

一歩前に足を踏みだせたのか。西本勇吉という庇《ひさし》から抜けられたのか。

その実感はない。

画策はしたものの、己が手打ちの絵図を描いたわけではないからだろう。祇園での松原と挽地の顔つきとやりとりを見て、そんなふうに思った。

「兄ちゃん。なにか食べる」

「まかせる」

「きょうは新鮮な魚もあるけど」

五十嵐は口元をほころばせた。ここでまともな魚料理を食べた記憶がない。

「おまえ、変わりそうやな」

初めて、新田が女に視線をやった。

だが、ほんの一瞬である。

「わからないよ」

「その口癖は直りそうもないのう」

新田が笑った。

「おまえの笑う顔は何十年ぶりやな」

「そんな」

「ええやないか」

「あのう」

女が遠慮ぎみに声を発した。

「明石のアナゴを焼きましょうか」

「おう。素焼きにしてくれ。わさび醬油で食うわ」

女がはにかむようにほほえんだ。それでも翳は残った。

「ほかにも魚はあるのか」

「メバルとイナダです」

「イナダは刺身、メバルは味噌汁やな」

女がこくりと頷き、暖簾《のれん》のむこうに消えた。

「味は保証できません」

新田が小声で言った。

「かまへん。なんでもやってみなわからん」

「兄ちゃんも変わりそうやね」

「わからん」

「それ」

「はあ」

「俺とおなじ……わからんは兄ちゃんの口癖や」

「そうか」

五十嵐はにんまりした。

やはり、己の体温を感じられるのはこの場所しかないのかもしれない。

不意にそう思った。

棚の上の小型テレビには田中角栄が映しだされている。音はないが、先刻から幾度も、「田中角栄元総理　逮捕」のテロップが流れている。

この店には世情に無関心の男と女がいる。

そして、五十嵐もまた世情のそとで息をしている。

自分は変わるのだろうか。変わってどうなるのか。

どう変わろうと、世のなかとかけ離れたちいさな世界のことである。

第三章　雨中の銃弾

『住宅密集地域で三夜連続の火事　悪質な放火か』

新聞の社会面に、おおきな見出しがある。

村上義一は、夕刊紙を見ながら受話器を手にした。

また繋がらなかった。これで五回目だ。

もうひとつの番号が頭をよぎる。

だが、妹の美容室にかけるのはためらいがある。

女房の朋子によれば、開店からの三か月間の経営は順調という。

母も妹も、店では身内に極道者がいることを隠しているだろう。自分の存在そのものを伏せているとも考えられる。

十代半ばの村上は鼻摘《はなつま》み者だった。

おなじ地区に住む人々からも絶えず白い眼で見られていた。

とっつきは小学六年のときに級友の誕生日会で己の出自を知ったことだった。それ以降はひややかな視線を感じただけで暴力をふるい、相手に大怪我をさせた。

いつしか近所の皆が村上を見れば顔をしかめ、その場から逃げ去った。

誰よりもそうしたかったのは一緒に暮らす母と妹ではなかったか。

そんなことを思いはじめたのは出所し、美山の舎弟になったあとのことだ。

血の絆を実感したのはもっとあとで、実家の前で襲撃を受けたときだった。

母は、負傷した息子を抱きかかえ、死ぬな、と泣きじゃくった。妹も泣きわめいた。二人の涙が村上の頰を打ち、心をふるわせた。

だがしかし、村上は極道稼業を続けた。極道者として生きていくかぎり、これから先、二人にさらなる迷惑と心痛をかけないという約束はできない。だから、せめて接触を避けることで母と妹の心の負荷を増やさないようにと心がけている。

村上は、受話器を戻し、短く息をついた。

五郎が話しかけてきた。

「自分が様子を見てきましょうか」

「行かんでええ。なにかあれば連絡してくるやろ」

「けど……ボヤというても、三日間で五件です。とりあえず避難していただいたほうが安心やと思います」

「俺が頼んでも聞いてくれんわ」

五郎がなおもなにかを言いかけたとき、若衆らが声を張った。

「おこしやす」

やってきたのは兵庫県警捜査四課の中原啓介だった。

いつも中原は約束なしで事務所を訪ねてくる。

きょうは火事の件だろう。

中原の顔を見た瞬間、村上はそう直感した。

「タオルをくれ。それと、麦茶や」

若衆に声をかけながら、中原がソファに腰をおろした。

顔には汗が光り、シャツが肌にへばりついている。

「歳やな。暑さが堪えるようになった」

「楽をしすぎて身体がなまってるんやろ」

村上は笑顔で言った。

しかめ面を見せれば中原につけ入られる。

「あほぬかせ。おまえらがおまわりさんを楽にさせたことがあるんか」

「ことしは平和な夏やった」

「そんなときは決まって、陰でこそこそしてる」

中原は、麦茶をがぶ飲みし、団扇《うちわ》をパタパタあおぎだした。

見ているほうが暑苦しくなる。

「ビールもくれ」

いつも中原は、我が物顔で若衆らを古女房のようにこき使う。

「たまには差し入れせんと、こいつらかて言うことを聞かんようになるわ」

「ふん。俺が顔をだしてるさかい、のうのうとゼニ儲けができるんやないか」

「それは感謝してる。で、きょうはなにか用でも……」

「まあな」

中原はとにかく勿体をつける。

だがそれは、中原にかぎったことではない。神俠会の極道者とマル暴担当の刑事との間の、いわば慣例の儀式のようなものだ。

県警が捜査四課を創設した昭和四十一年以降、刑事も極道者も露骨な接触は控えるようになったが、互いの情報を蝶番《ちようつがい》に、持ちつ持たれつの関係を維持してきた。その手法は個人によって異なり、情報を売買したり、個人的な案件と交換することもある。

だから、お互いが自分の持つ情報に値打をつけたがるのだ。

村上はつぎの言葉を誘った。

「番町の火事の件かな」

「俺が来るのを待ちわびてたんか」

「あんたに連絡しようと思うてた」

「それなら急ぐこともないのう。ちと早いが飯を食わせろ」

「鮨でも鰻でも……」

「そんなものはそとで食う。弁当がええわ」

事務所に賭場が立つ日は、客のために数種類の駅弁を用意する。毎週末は賽本引きの賭場を開き、客の集まり次第でテラ麻雀をやる。

「今夜は麻雀の予定もないねん」

「しゃあない。まかない飯で我慢したる。おかずは何や」

「サンマです」

若衆が応えた。

「ええのう。大根おろし……先っぽの辛いところをたっぷり頼むわ」

中原が煙草を喫いつける。

村上は新聞を指さした。

「放火で間違いないのか」

「目撃者がおる」

「それなら……」

「さっさとパクれてか」

村上は頷いた。

「そう言うて、県警に怒鳴り込んできたやつがおる」

「はあ」

「川島英一や」

「どこの川島やろ」

「とぼけるな。関西同和協会の副理事長や。やつの妾がここで遊んでるやないか」

「なんでもよう知ってるな」

「いっぺんしか見てないが、ええ女は忘れん」

「こんど紹介するわ。それより、川島の話を聞かせてくれ」

「きょうの昼に乗り込んできて、うちの本部長を怒鳴りまくった。三日連続で火の手があがったのに、警察はなにをしてるのやと……えらい剣幕やったそうな」

「相手かまわず圧力をかけるのが川島の稼業や」

「圧力の背景はいろいろある」

中原が薄く笑った。

「どういう意味や」

「罪状は教えられんが、捜査二課が川島を内偵してる」

「内偵捜査……パクる気か」

「いずれそうなる」

「それを知って、先手を打った」

「そんなところやな」

中原が訳あり顔を見せた。

村上の頭に閃光が走った。

まともな人間なら考えもつかないことを、川島らは平気でやってのける。

疑念が声になった。

「まさか。警察に圧力をかけるために、川島が放火させたと……」

「ほう」

中原が眼をまるくした。

「勘が冴えとる」

「本音か」

「証拠はないが、その可能性はある」

「なんぼ何でも……それがばれたら長屋連中の反発を買うで」

「どういうことはないやろ。やつにとって愛すべき故郷やない。そこに住む人もふくめて、飯のタネにすぎん」

村上は応えなかった。

たしかにそうかもしれないが、圧力団体のおかげで助かる者もいる。

妹の佳美もそのひとりである。

別の疑念がめばえた。

「なんでそんな話を俺にするのや」

「親切やないか。おまえは美山とつるんで、長田区の整備計画に手をだしてるやろ」

「それと放火が……」

村上はあとの言葉をのんだ。

三か月前の、ナイトサロンでの美山と五十嵐の会話を思いだしたせいだ。

美山と青田の悶着を耳にしたことはないが、長田区の整備計画に本腰を入れるようになって美山の顔つきが険しさを増しつつあると感じている。

「気になることがあるようやな」

「ない」

「隠すな」

「あっても、あんたに関係ない」

にわかに苛立ちがふくらんだ。

面倒な話になりそうな予感がある。

いつもなら歯に衣《きぬ》着せぬ中原の遠まわしなもの言いが神経を逆撫でした。

村上は、五郎を残し、ほかの乾分を退室させた。

それを待って、中原が口をひらいた。

「放火の件で、美山はなにか言うてるか」

「いや」

「のんびりかまえてたら、しのぎを食われてしまうぞ」

「兄貴はあほやない」

「そら認めるが、相手が悪い」

「誰のことや」

「川島に決まってる。やつはそこらの極道者より手強《てごわ》いし、始末に悪い。そのうえ、やつには青田がついてる」

「本家の若頭が事務局長の邪魔をするわけない」

「そういう約束ができてるのか」

「知らん」

ぞんざいに返した。

いつも余裕で聞き流す中原の顔が締まった。

「まあ、そんな話になってるとしても、川島は利権に執着する。誰の島であろうとおなじことや。長田区の番町は、やつにとって、いわば聖地や」

「さっきは飯のタネにすぎんと」

「ゼニを生む聖地……宝の島や」

「あんた」

村上は眼に怒りをこめた。

「憶測でものを言うてたら殺されるで」

中原に怯む気配はなかった。それどころか、ふてぶてしい顔を近づけた。

「おまえやさかい、ぶっちゃけて話してる」

「聞きとうなかったわ」

「そこがおまえのあまいとこや」

「なんやと」

　腰がうきかけた。

　中原がさらに顔を近づける。

「いつまでも美山を頼るな。おまえは松原組の幹部や。いずれは本家の直系になれる。そのときのためにも一本立ちせえ」

「いらん世話や」

「俺は本気で心配してる。松原のおっさんが現役でおるのもそう長《なご》うない。俺の勘ではあと一年……早ければ年内に引退するかもしれん」

「ほざくな」

「おまえかて、心の隅でそう思うてるのやろ」

　村上は唾をのんだ。

　これまでに幾度も、松原本人から引退の言葉を聞かされた。

　松原が引退したあと、自分はどうなるのか。

　二度目の刑務所暮らしのおり、ときどき不安が頭をもたげた。

跡目を継ぐ友定との盃直しが筋目だろうが、そうなるとはかぎらない。二代目松原組の舎弟にさせられるかもしれないし、美山組に戻される可能性もある。

そんなことを考えているうちに夜が白む日もあった。

「なあ」

中原の声がやさしくなった。

「もう親や兄弟の絆を頼りに生きて行く時代やない。わかってるやろ」

村上は、無言で中原の双眸を見つめた。


にぎやかな麻雀である。

洗牌《シーパイ》のときはもちろん、緊迫の局面でも話し声が絶えない。対面《トイメン》の松原宏和と、上家《カミチャ》と下家《シモチャ》の男が丁々発止で掛け合っている。

麻雀をやるときの松原はにこやかで、とにかくよく喋る。

遊びの場での松原は極道の看板をはずしている。

村上にはそう見える。

午後七時からの麻雀が四回戦目で、前三戦はいずれも松原が大敗を喫した。

いつものことだ。松原の雀力は素人以下である。麻雀を覚えたのは半年前らしく、愛人がクラブの経営から麻雀荘のそれに鞍替えしたのがきっかけだという。

それ以来、村上は週に一、二度、松原の遊び相手を務めるようになった。

客らの技量も松原と互角で、牌捌きはぎこちないし、スピード感がまるでない。事務所でやるテラ麻雀の客も大半は堅気者だが、彼らは真剣そのものの面構えで、麻雀に必要な言葉しか発せず、卓上には常に緊張が漂っている。

初めはその差に驚いたが、安心感もめばえた。カモになる心配はないからだ。

「おい、ギイチ」

松原の声に顔をあげた。それから手を動かした。自分の番で停滞していた。

村上の雀力も松原と五十歩百歩である。

「冴えん顔して……心配事でもあるんか」

「いいえ」

「ほんまはこれと……」

上家の男がにやつきながら小指を立てた。

「あほな」

声に力はなかった。

松原の推察どおりである。事務所をでて五時間あまりが経つというのに、捜査四課の中原の言葉が頭から離れず、胸は湿っぽくなっている。

──松原のおっさんが現役でおるのもそう長《なご》うない。俺の勘ではあと一年……早ければ年内に引退するかもしれん──

あのひと言の直後に電話が鳴り、松原から十分で飛んで来いと命じられた。

もっとも、松原と会うまでに時間があったとしても、中原の話はなかなか消せなかったと思う。火事騒動もきな臭いものを感じる。

松原が牌をピシッと河に打ち据えた。

そのとき、片隅の電話機が鳴った。個室の電話は松原専用だ。

松原が腕を伸ばす。

「松原や……先日はご苦労やった……ん、ほんまか……ちょっと待ってくれ」

松原が送話口をふさぎ、客の二人に視線をやる。極道者の眼になっていた。

「すまんが、中断させてくれ。五、六分で済む」

客に続いて、村上も立ちあがる。

「おまえは残れ」

松原に言われ、腰をおろした。

二人がドアのむこうに消えるとすぐ、松原は電話の相手と話しだした。

「いつからや……まずいのう……それはあかん。いまさら遅い……そいつに喋られたら面倒になる。青田組の若衆はまだ狙《ねろ》うてるはずや。それを承知で絶縁にしたんやろが……ほな、やることはひとつや。山に埋めるしかない……聞きとうない。あんたのところの不始末や。己で尻を拭わんかい」

松原が受話器をおいた。

「なんですの」

松原の表情と言葉からあることを推察したが、口にするのはためらった。

「栄仁会の土井が荷物をかかえ込んだ」

「絶縁された……」

言葉を切り、ふりむいた。もうすこしで名前を言うところだった。

「その男、ひょっこり土井の舎弟の家にあらわれたそうな。舎弟のほうは、かつての仲間やさかい、一日二日泊めたあとで小銭を握らせ追いだそうと考えたらしい」

「それが長居に……」

「きょうで一週間になるそうな。強引に追いだせん理由でもあるのやろ。で、こまって土井に相談し、土井は会長の西田に報告した」

「どあほが」

村上は、思わず吐き捨てた。

たちどころに血管がふくれあがった。

その事実を知れば、青田は激怒する。手打ちの約定を反故にされたのだ。極道者は絶縁者と接触しないのが業界の約束事だ。

青田の怒りの矛先は、仲裁役の松原にも、立会人の挽地にもむくだろう。

「まあ、そとに洩れる心配はないと思うが」

「やつを殺《や》れますやろか」

「殺るしかない。生かして追い払えばいずればれる」

「自分が見届けましょうか」

「かかわるな。おまえがしゃしゃりでれば藪蛇《やぶへび》になる。いまのは寝言や。夢のなかの話や。ええか、美山にも言うな」

「はい」

「夢のなかの戯言《ざれごと》でも、心の準備はしておけ。万が一のことやが、青田が仔細を知れば、速攻で栄仁会に圧力をかける」

「戦争ですか」

「それはない。やれば己も無傷では済まん」

「ということは……土井さんと美山の兄貴のしのぎに手をかける」

「美山のほうはわからんが、土井のしのぎは必ず獲る」

「そうなると兄貴も動けません」

松原が眉間に皺を刻んだ。だが、それはほんの一瞬のことだった。

「やるぞ」

「はあ」

「はあやない。お客さんを呼んでこい」

「続けますのか」

「あたりまえや。寝言はおわった」

二人を連れて戻ってきたときはもう、松原は元の笑顔になっていた。

村上はほんとうに夢を見ていたような錯覚に陥りかけた。


ドロソースが鉄板を走り、ジュッという音と共に濃厚な香りが立ちあがった。

美山は、長田区五番町のお好み焼き屋で、栄仁会の土井と顔を合わせている。

閉店時刻の午後十時を過ぎて、客は二人きりだ。

割烹着に、タオルで白髪を覆う小柄な老女が両手でテコをあやつる。

遠縁にあたる老女とは長いつき合いだ。ガキのころはよく腐りかけのホルモンや焼きそばを食わせてもらった。家ではまともな食事にありつけないのだから異臭など気にしなかったし、腹を壊すこともなかった。良い子にしていたのはこの店にいるときだけだった。十歳前後の子どもにも生きのびる知恵は働いた。

老女が去ると、美山は、たっぷり一味唐辛子をかけ、小ぶりのテコを手にした。

ソースの味は昔のままだ。口中にひろがる香ばしさと旨みは具材のせいだろう。

終戦から間もないころのお好み焼きは水っぽく、わずかばかりの刻みキャベツとモヤシしか載っていなかった。

火傷《やけど》しそうな舌をビールでひやしてから、正面を見据えた。

土井は、まだ箸をつけずにうかない表情で煙草をふかしている。いつもの、縁日の夜店で買ったような見栄の仮面はどこかに置き忘れてきたようだ。

事務所で乾分相手に花札をやっていたとき電話が鳴った。その電話で、土井の舎弟が絶縁した金子を匿《かくま》っていると打ちあけられ、アワを食った。

一時間ほど前のことである。

「ここで心配したかてしゃあない」

美山は十歳上の土井と対等の口をきく。極道者の格や、土井の器量を見切ってのことではなく、しのぎを折半で共有している手前がある。

「おまえの狙いどおり、うちの会長は松原さんに相談してるやろか」

「せんでどうする。伯父貴は手打ちの仲裁役や。ほんまなら、あんたと西田会長が雁首揃えて詫びに伺い、相談に乗ってもらうのが筋やが、めだつ動きは怪しまれる。青田組はいまでも金子の行方を追ってるからな」

「相談したとして、どうなるねん」

「二つにひとつ。因果をふくめて外国に飛ばすか……殺《や》るか」

美山は、グラスを空け、顔を突きだした。

「俺なら殺らせる。それが一番安全な方法や」

「もしかして、そうなるのを予測したうえで松原さんに相談しろと言うたんか」

「当然や。絶縁したとはいえ、身内を殺るのは気が引ける。伯父貴に背を押してもらえばためらいも薄れる。いまごろ西田会長はあんたの舎弟に指示してるやろ」

「もしも、指示に従わんときはどうする」

「あんたが殺れ。簡単やないか」

土井が鉄板にため息をおとした。

「迷うてる場合か。今夜中にも山に埋めたほうがええ」

山は六甲山をさす。ずっと昔から六甲山は極道者の墓場である。

土井が顔をしかめた。

美山は、それを無視してお好み焼きを食べた。

夕食は済ませていたが、食べ物を残さないのはガキのころからの習慣である。少年時代の主食は芋粥《いもがゆ》か茶粥で、一尾のメザシが加わればご馳走だった。それは同和地区に住む者の食文化でもあったが、戦中と戦後の数年間は、国民の大多数が似たような暮らしぶりだった。闇市では野良犬どころか、そこらの猫も食用に使っていた。

土井はひと口も食べなかった。

そんなことで極道者をやっていけるんか。

そう怒鳴りたくなるのを堪えて話しかけた。

「金子の件は山に眠らせておしまいや。それより、兵庫区役所のほうは大丈夫か。住民の一部が整備計画に反対してるようやが」

翌年から始まる区画整備は、神戸市の各区が工事施工者となり、それを兵庫県と神戸市が補助する形をとっている。対象となる地域ごとに事情が異なるからで、戦前戦後の古い住宅密集地域もあれば、同和地区を対象にする区もある。区行政にまかせるほうがトラブル処理などで効率的と判断してのことだった。

美山にしてみれば、己の島内だけでしのぎをかけたほうが楽なのだが、新開地の立退きでは土井にしのぎを分けてもらった借りがあるので整備計画でも連携した。

おかげで、美山が長田区の捌きをつつがなくやれても、土井が島とする兵庫区でしくじればしのぎは半減してしまう。

「心配ない。区長と助役のキンタマは握ってるし、いざとなれば力を使う」

「加治組と鬼島組はどうや。茶々を入れてないのか」

「そんなまねはさせん。新開地のしのぎにも手だしはさせんかった」

「あれは上の……同和協会の川島とうちの青田さんの睨みが利いたんや。これからが本番のしのぎを前に面倒事はおこせんからな」

「加治が動いてるという情報でもあるのか」

「ない。けど、北部開発と違《ちご》うて、区ごとの整備計画では重石《おもし》がとれる。それに己の島のことや。黙って指をくわえてるわけがない」

「そのときはそのとき……俺も黙ってへん」

「加治に拳銃《チャカ》をむければ、青田組が動く」

「筋がとおらん。整備計画の対象になってるのは戦前から俺の島や」

「わかってる。けど、油断するな。青田組が加勢する名分は幾らでもある。へまをしでかせば……今回の不始末もそのひとつになる」

「威すな」

「この際やからはっきり言うておくが、もし今回の件で面倒になって、しのぎが減るようなら分け前の条件は変わるで」

「けっ。さすがに、しっかりしてるわ」

「さすがとはどういう意味や。俺がこすっからしい番町の人間とでも言いたいんか」

土井がぶるぶると顔をふった。

「気に入らんのならいつでも言うてくれ。言葉がすぎたのを後悔する表情になった。

「そうとがるな。せっかく仲ようやってるのや。俺のほうは一人働きでもかまわん」

「いまのところはそれでええ」

「うちの状況は話したとおりやが、そっちはどうや」

「ん」

「高木組は問題ないのか」

「あるか。殺された高木さんは番町の出でも、二代目は他所者や。それに高木組の島は、おなじ長田区でも板宿を地盤にしている」

「放火の件は……いろんなうわさが聞えてくるが」

「関係ない」

「大火事になれば、それこそ川島あたりが出張《でば》ってくるのやないか」

「川島だろうと、妖怪だろうと、俺の邪魔はさせん」

「青田組でもか」

「なんべんも言わすな。青田さんが矢面《やおもて》に立つのは俺らがへまをしたときや」

土井が力なく頷いた。

「放火も心配いらん。今夜からうちの若衆が見張りに立つ」

そう言って、美山は老女に声をかけた。

「ばあちゃん。商売がおわったあとで悪いが、焼きそばを二十人前つくってくれ」

「半分にしろ。その代わり、おむすびを握ってやる」

「ありがたい」

「勝治」

老女が声を張った。

「なんや」

「絶対に火事をだすなよ」

「わかってる」

視線を戻すと、土井が今夜初めての笑みをうかべていた。

「どうした」

「おまえにも苦手な人がおるのやな」

「何人もおる。そやから、こうして生きてる」

「ふーん。それにしても二十人の見張りとはたいそうな」

「たりんくらいや。なにしろ木造長屋が密集してる。まあ、長田署もパトカーを三、四台だしてるから大丈夫とは思うが」

背後でジュウジュウと音がする。

それを聞いているうちに気が急きだした。


ひさしぶりに、一緒に寝たるわ。

美山は、仏壇の赤茶けた写真に話しかけた。

記憶にある二十数年前の母の顔は、その写真の顔とあまり変わらない。

母は呑んだくれだった。

幼いころの美山は、酔っ払いの母の手からのがれようと、六畳と四畳半の二間しかない部屋を駆けまわった。母はそれを面白がって捕まえようとするのだが、すぐに息があがり、その場にへたり込んだ。そのままいびきを掻くこともあった。

父の記憶はない。物心がついたころはもう家にいなかった。ずっとあとにわかったことだが、父は軍の赤札が届いた日の夜に、家族も家も捨て出奔したのだった。美山が十五歳のとき、その父が遺骨で帰ってきた。北海道の鉱山で落盤事故に遭ったという。

どうして籍を抜かなかったのか。

美山は、母にそう訊いたことがある。

母は笑ってごまかした。

しんみりした笑顔はいまも覚えている。

母が酒におぼれたのは、独り寝のさみしさをまぎらわせるためだったのか、あるいは、背負う苦労を酔い潰したかったのか。

美山が中学生のころの母は二十ほども老けて見えたが、それは酒のせいだけではなく、朝早くから土方仕事にでて、荒くれ男どもとおなじ量の汗を流したからだろう。

酒は男の代用品だったのかもしれない。

そんなふうに思うようになったのは、母が入院し、徐々に衰弱していく姿を見てからのことだ。それまでの美山は、生活に必要なカネと食料を女房に届けさせ、自分は正月と盆の、年に二回しか生家を訪ねなかった。

半年前、肝臓がんで逝った母の葬儀用にさがした写真は一枚しかなかった。美山の中学の卒業式が母にとって唯一の、晴れがましい思い出だったのだろう。町内一の悪童といわれた息子でも、母には育てたという満足感があったのか。

美山の自宅は葺合区《ふきあいく》の高台、山陽新幹線新神戸駅の山手にある。本部事務所は神戸の中心地の中山手通に構えている。

それでも美山は主がいなくなった生家を処分しなかった。一枚の写真のせいだ。里心がめばえたわけではなく、母への不孝を悔いたわけでもない。おんぼろ長屋とセピア色の写真を一緒にしておきたかった。

一枚の写真を飾る記念館は、母の死からわずかひと月で、殺風景な部屋に変わった。酒のにおいも、便所の悪臭も消え、鼠の住処だった溝もきれいになった。四軒長屋のとなりの家を購入し、支部事務所として改装したからだ。

美山組長田支部は、これからの相当期間、しのぎを賭けた前線基地となる。うるさくなるが、見守ってくれ。

美山は、酒の入ったグラスを仏壇に差しかざし、胸中でつぶやいた。

「おやっさん」

背に声がした。

となりの部屋から支部長があらわれ、美山の前で立て膝をつく。

「放火魔をパクりました」

「でかした。で、どこにおる」

「じきにここへ運んできます」

言いおえる前に隣室が騒がしくなった。

支部に常在する乾分は三人だが、しばらくは夜回り隊の休憩所として、そのあとも区画整備が終了するまでは大勢の乾分が屯《たむろ》することになる。

美山は事務所へ移った。

ひとりの男が床に転がっていた。四十半ばか。菜っ葉ズボンに半袖のポロシャツ姿で、顔は浅黒く、やたら眼つきが悪い。

しかし、極道者でないのはわかった。においも雰囲気も異なる。

美山は男の前で胡坐をかいた。

「名前は」

「吉本《よしもと》」

「住所は」

「忘れた」

支部長の蹴りが男の鳩尾を直撃した。

男が呻き、身体をくの字に折った。

美山は支部長を見た。

「あんまし痛めつけるな」

「おすっ」

「どこで捕まえた」

「この先の公園のむこうで……灯油の入った一升瓶と新聞紙を持っていました」

美山は視線を戻した。

「火をつける気やったんか」

「そうや。むしゃくしゃしてたさかい」

「きのうまでの放火もおのれの仕業か」

男がぶるぶると顔をふった。

美山は、男を見据えたまま、乾分に命じた。

「ポケットのなかをさぐれ」

男は抵抗せず、所持品が床にならんだ。

よれよれのハンカチとキャバレーのマッチ、それに、新券の一万円札が十枚あった。

美山は、万札を男の鼻面に突きつけた。

「誰に頼まれた」

「はあ」

「このゼニを誰にもろうた」

男がそっぽをむいた。

つぎの瞬間、男が顔をゆがめた。支部長が男の頭髪をつかんだのだ。

それでも男は喘ぎ声を洩らしただけで喋らなかった。

美山は訊くのを諦めた。改装したとはいえ、住宅密集地の長屋である。

「山で根性を鍛えてやれ」

「おすっ」

乾分らが声を揃え、男に手をかけた。

そのときだった。

玄関のドアが開き、二人の制服警官が入ってきた。

「なにをしてる」

若いほうが血相を変え、語気を荒らげた。

「見たらわかるやろ」

美山は冷静に応じた。

もうひとりの五十年配の警察官はガキのころからの顔見知りである。

「放火魔をパクった。で、これから訊問する」

「訊問だと……」

若い警察官の声がひきつった。

年配の警察官が相棒の肩を叩き、前にでた。

「放火の現場をおさえたのか」

「そうやないが、灯油と新聞紙を持って近所をうろついてた。焚火《たきび》をするにはまだ暑いわ。それに、芋も持ってへん」

警察官が苦笑した。

美山は話を続けた。

「あんたはなにしに来た。午前二時やで」

「通報があった」

「どんな」

「一一〇番だよ。美山組の事務所に男が連れ込まれたと」

「相手は名乗ったんか」

「いや。それだけ告げて切った。男の声だったらしい」

美山は首をかしげた。

夜更けに路上をうろつき、騒動にもならなかった出来事を一一〇番通報する酔狂な野郎がいるとは思えない。まして、このあたりの住民はたとえ殺人事件がおきようとも、被害者が地区の住人でないかぎり、警察には協力しない。

そのうえ、いまは区画整備の件で、住民の多くは美山組を頼っている。

そんな事情を知っているのか、年配の警察官が下手にでた。

「とりあえず、その男を渡してくれないか」

「条件がある」

「どんな」

「この男は十万円持ってる。その出処《でどころ》を調べ、教えてくれ」

「無茶を言うな」

年配の警察官は、そう言いながら、片眼をつむった。部下の耳を気にしたのだ。

美山は不満顔をこしらえてみせた。

青空に白球が力なくあがり、ピッチャーのグラブに納まった。

満塁だった。それも二死から死球と二つのエラーで塁が埋まっていた。

六回裏がおわって、スコアボードに0が書き込まれる。数字は0ばかりだ。

両チームとも塁を賑わせるのだが、クリーンヒットはなく、大半はエラーの出塁だった。

どちらもピッチャーだけが野球経験者で、ほかはド素人集団のように見える。それでも掛け声は元気よく、言うことは一人前だった。

「ほんま、締まらん試合や」

ベンチに戻ってきたピッチャーがふてくされ顔で言った。

仲間の選手は彼に謝るでもなく、気遣う言葉をかけるでもなく、ベンチに寛《くつろ》ぎ、薬缶《やかん》の口をくわえたり、煙草を喫ったりしている。

「孤軍奮闘か」

五十嵐がつぶやいた。

美山は顔を横にむけた。

和歌山の道路脇の斜面に座り、草野球を見物している。スタンドはないが、バックネットも外野のフェンスもある野球場だ。

眼が合うと、五十嵐が言葉をたした。

「誰かとおなじやな」

「俺のことか」

「本家の若頭や。ひとりでしゃかりきになって……なにをやってもうまくいかんと、ぼやきまくってるそうな」

「九条組との縁談は正式に流れたのか」

「正式もなにも、執行部に諮られたわけやない」

「それはそうやが、幾度か話はでた」

「あれは、皆の反応をさぐる……ジャブみたいなもんや」

「まだやりたがってるのか」

「さあ。最近は二人で会《お》うてないし、電話もかかってこん」

「なんで。俺が原因で不仲になったたか」

「兄弟は関係ない」

カーンと音がして、美山は視線を移した。

さっき仲間に悪態をついたピッチャーがバットを一閃したところだった。

白球がぐんぐん伸びる。

レフトの選手がフェンスにへばりつく。打者としても警戒されていたのか、あらかじめ深く守っていたようだ。

捕球したのか、できなかったのか、逆光でよく見えなかったが、打者がゆっくりとダイヤモンドを駆けだしてホームランとわかった。

美山は、ふと気になって、攻撃中のベンチを見た。

笑顔が溢れている。グラウンドにでて飛び跳ねる者もいれば、万歳する者もいた。

意外な光景だった。生意気な仲間への祝福は、彼らがただ野球をたのしんでいるのではなく、勝負にこだわっている証に思えた。

「藤堂やが……」

また五十嵐の声がして、視線を戻した。

「いつでてくるのやろ」

三か月ぶりに和歌山刑務所を訪ねた。今回は五十嵐に誘われての面会だった。

その帰り道に車を停め、草むらに腰をおろした。

藤堂の面構えは前回とおなじだった。静かな表情のなかに鉄の意志が潜んでいた。

「おまえ、青田さんと約束したのか」

「なんのことや」

「とぼけるな。藤堂の復縁について、若頭になる前に話したんやろ」

「代行に聞いたのか」

「ああ」

「約束をとりつけたわけやないが、若頭は反対せんと思う」

「あとは藤堂の意志しだいか」

「きょうはそれを確かめに来た」

「復縁の話はせんかったやないか」

「あいつの場合、顔を見ればわかる」

「どう見えた」

「兄弟はなんべんも会うてわかってるやろ」

美山は頷いた。

年に二、三度、ことしはきょうが二度目の面会だった。

藤堂の言葉や態度のどこがどう変わったのかわからないが、面相は変貌していた。

それが、人を殺したゆえなのか、心の在り方の変化のせいか。

復縁しようとしまいと、藤堂は極道者として生きる覚悟ができたようだ。

「藤堂が戻ったら……あの続き、やるで」

最後の、やるで、は力強かった。

だが、美山は戸惑いも興奮も覚えなかった。

三人の連携については、藤堂が離脱した時点で一応の心のけじめをつけた。四か月前に松原の思惑を知ったあとは、すっきりした形で記憶の抽斗《ひきだし》に仕舞ってある。

「むりや」

「なんで」

「もう若頭はおる。藤堂が復縁してもその事実は変わらん」

「関係ない」

五十嵐が語気を強めた。

「どうした。なにかあったのか」

「なにもないが、俺らが動かなければ、レールが固まってしまう」

「そのレールの先に、おまえがおる」

「兄弟」

五十嵐の眼光が鋭くなった。

「俺は三年前の約束を忘れてへん。藤堂がああなっても反故にする気にはなれんかった。それはいまもおなじや」

「熱いな」

「茶化すな」

「感心してるんや。生地《きじ》剝きだしのおまえ、初めて見たような気がする」

「俺はな、藤堂の顔を見たとたん……あとは兄弟しだいやと直感した」

美山は応えずに息をつき、視線を逸らした。

南の空に積乱雲が隆々と立ちあがっている。

圧迫感を覚えた。

草の上には赤トンボが飛び交っているというのに、そこだけが真夏の絵だ。

――自分からのぼるのを諦めたらあかん――

不意に、松原の声がした。

――五十嵐と仲ようせえ。二人で手を組んで神俠会を束ねろ。てっぺんに立つのはひとりやが、そのときはそのときや。運がよければ二人ともてっぺんに立てるかもしれんし、二人して谷底に堕ちるかもしれん。生きてるかぎり、結末はないのや――

できることならそうしたい。

それが正直な気持ちだ。五十嵐と連携し、さらに藤堂も加われば、結末がどうなろうとも極道人生を全うできると思う。

だが、二の足を踏む自分もいる。

空に太陽があるかぎり、人として生きているかぎり、己の影はつきまとう。

なにかを決断しようとするとき、決まって影が色を濃くする。

結末どころか、あしたの立ち位置さえ読めなくても、ふりむけば己の影は見える。

影のなかにその時々の人々がうごめき、彼らと絡み合うようにして己の心がある。

心の紋様はさまざまで、濃淡が凹凸を成している。

過去は紛れもない真実で、己そのものなのだ。

その真実が、己を鼓舞し、支え、あるときは退く勇気を与えた。

過去の真実こそが決断の拠りどころで、それは三年前に温泉の湯場で松原の背を洗っているときに実感した。

その感覚が、いまはない。

ためらう理由はもうひとつある。五十嵐の胸のうちだ。

疑念が声になった。

「この三年間、おまえは一度も俺ら三人の連携を口にせんかった。どうして気が変わった。どうして熱く喋る。その背景は何や」

「戦機かな」

五十嵐が静かな口調で応えた。

「センキ……」

「そうや。好機でも、反撃の機会でもない。戦うための機が熟するのを……藤堂が戻ってくるのを、俺は待っていた」

「気に入らん」

「なにが」

「俺らが手を組めば、青田さんは激怒する。なりふりかまわず牙を剝き、俺らを潰しにかかる。そこまで読んでも戦機と言いきれるのか」

「若頭を買い被り……いや、警戒しすぎや」

美山は顔を左右にふった。

ふりながら、松原とのやりとりを反芻《はんすう》した。

──わいの落ち度や。正直に言うと、わいも舐めてた──

──青田さんを──

──神俠会の若頭という地位をや。責任を痛感しとる──

松原でも後悔することがあるのか。

あのとき、松原の自嘲の笑みを見て、そう思った。

「みくびるな。青田さんがどうのやない。神俠会若頭という地位を舐めたらあかん」

「わかってる。が、神侠会は若頭ひとりのものやない。若頭の権力は絶大やけど、絶対やない。しかも、青田さんは執行部の全員に担ぎあげられて若頭になった」

「……」

美山はおどろきのまなざしで五十嵐を見つめた。

あからさまな個人批判を初めて耳にした。

五十嵐が己を鼓舞するように頷き、言葉をたした。

「そやさかい、九条組との縁談は前に進まんのや」

「あれはどう転ぶかわからんし、俺は破談になったと思うてない。ついでに言えば、執行部の総意や決定も絶対やない。西本さんが若頭に就いたときのことを思いだせ。当時の幹部会は松原の伯父貴を若頭に推したやないか」

「あのときは……三代目という絶対的な人がおられた」

五十嵐の瞳がわずかにゆれた。

美山は間を空けなかった。

「青田さんとなにがあった」

沈黙がおきた。

鋭い打球音がし、歓声があがっても、美山は視線を逸らさなかった。

赤とんぼが風に流されるように近づき、五十嵐の肩に止まった。

ほどなくして五十嵐が口をひらいた。

「兄弟にだけは話しておく」

「……」

「青田組と栄仁会の手打ちが行なわれる十日前のことやが、若頭に呼ばれ、俺と、陽道会の吉岡との縁組を打診された」

「なんやて」

声がうわずった。想像も及ばぬ話に二の句がでなかった。

「誠和会の理事長を仲人に仕立て、若頭と九条、俺と吉岡の、二つの縁組を同時にやると言われた。打診やなく、威しに近かった」

「それを蹴ったのか」

「あたりまえや。俺が受ければ、執行部の先輩らは反対しにくい。誠和会の理事長は亡くなられた三代目と五分の兄弟分やからな」

美山はふとめばえた疑念を口にした。

「青田さんの狙いはそれだけやろか」

五十嵐が訝しそうに顔を傾ける。

赤とんぼがすっと離れた。

「おまえの縁組のほうは違う狙いがあるような気がする」

「はあ」

「単におまえを味方につけたかった。あるいは、おまえの胸のうちを知りたかった」

「どうしてそう思う」

「執行部の全員が反対すると知れば、関東の親分は仲人の要請を蹴る。青田さんはそこまで深読みしたうえで、おまえの返答を聞きたかった」

「なるほど」

「感心してる場合か。けど、それで合点がいった」

「ん」

「おまえが青田組と栄仁会の和解に動いた背景や」

「あれは……」

美山は手のひらであとの言葉をさえぎった。

「俺も話しておくことがある。じつは……東門での騒動があった夜のことやが、青田さんが栄仁会の西田会長に電話をかけ、手打ちの条件として、青田さんと九条の縁組の推薦人になれと言うたらしい」

五十嵐が眼をまるくした。

美山は話を続けた。

「俺は栄仁会若頭の土井に相談され、松原の伯父貴に話したのやが、ほうっておけと、あっさり言われた。伯父貴は、神俠会の執行部だけでなく、七日会も縁組に反対してるとわかっていたのやと思う」

「陽道会のお家の事情と、七日会の理事長の座をめぐる争いか」

「そうや。で、伯父貴は動く気にならんかった。その伯父貴が仲裁役を買ってでたのはおまえのせいや。おまえが頭をさげた理由を考えた」

「やはり、そうか……」

五十嵐が肩をおとした。

「話を戻す。青田さんが俺ら三人の連携を阻もうとしたら、おまえはどう対抗する。青田さんに持ちかけられた縁談話を暴露し、青田さん以外の幹部を味方につけるか」

「そこまでは頭になかった」

五十嵐が苦笑を洩らした。

「いま腹を括《くく》れ。そこまでやる覚悟をせえ」

「よし、わかった」

五十嵐の眼に熱を帯びた光が戻った。

美山は、三年前の白浜温泉での藤堂を思いだした。

親の谷口から右をむけと言われれば一日中でもそうする男が、松原の提案を、なんのためらいもなく受け容れた。

人が不退転の決意をしたときの潔さが、いまの五十嵐の表情からも窺える。

五十嵐とは二十年以上の縁で、十代のころから五十嵐は鋼のような男であった。腰が据わり、ちょっとやそっとではものに動じなかった。

だがそれは西本勇吉という鎧のおかげではなかったか。

憎らしいほどの余裕は精神的な部分を西本に委ねていたからだろう。

つき合いをかさねていくうちにそう思うようになった。

おなじように親を慕う藤堂は違う。彼は己の胸に親の谷口をかかえ込んだ。五十嵐とは逆に、精神的な負荷を胸いっぱいに詰めていた。

そういうふうに他人を観察しだしたのは松原組から本家の直系若衆へ盃を直したのちのことだが、だからといって、二人への劣等感が消えたわけではなかった。

とくに五十嵐には常に風下に立たされている感覚があった。

それがようやく、薄れかけている。

おそらく、五十嵐が鎧を脱ごうとしているせいだろう。

その読みを松原の言葉が後押しする。

――五十嵐と仲ようせえ。二人で神俠会を束ねろ――

もう一度その言葉を胸に刻み直しているうち、五十嵐の声がした。

「藤堂は遅くとも来月中にでられるやろ。その前に、代行と話そう」

美山は首をふった。

今度は自分たち三人でやる。

たったいま、そう決意した。

松原を後見人にすれば、執行部の意見は賛成でまとまるだろうが、責任感の強い松原の引退の時期が遅れる恐れがある。今度ばかりは本人が望むとおり、三代目の一周忌を仕切って、思い残すことのない花道を歩ませたい。

そうできるように支えることが育ての親への恩返しであり、ほんとうの意味で己が一本立ちできる最後の機会なのだ。

「伯父貴なしでは自信がないのか」

「そんなことはない。けど、筋がとおらん」

「筋目は、三人が揃うて挨拶すれば済む」

五十嵐はなにかを言いかけて、やめた。感じるところがあるのだろう。

美山は視線をずらした。

いつのまにか、また赤とんぼが五十嵐の肩に止まっている。

それに気づいた五十嵐が左手を伸ばした。

赤とんぼはあっけなく捕獲された。

五十嵐が左右の羽をかさねてつまんだ。

二人の間で赤とんぼが足をばたつかせ、ふるえた。

五十嵐が右手の親指と中指で円をこしらえた。

指先でトンボの頭を弾くつもりなのか。

美山は、懸命に命乞いをする赤とんぼを見つめた。

五十嵐にはできないだろうな。

そう思った刹那、まるい頭が飛んだ。五十嵐が手を放すと、赤とんぼは狂ったように羽ばたき、急上昇したあと、バランスを失って、地面におちた。

戦争映画で観た、敵に機銃を浴びせられ墜落するヘリコプターのようであった。

「えらい臆病者になったもんや」

五十嵐が苦笑した。

「指がふるえた」

「顔もひきつっていたぞ」

「ガキのころはトンボとかバッタとかの羽をむしって遊んだのに」

「俺も」

「気持ち悪かったか」

「おもろかった」

「そうやな。皮を剝いた蛙の足を糸に縛りつけ、ザリガニをとったこともある。あたりまえの遊びやったが、いまのガキはどうなんやろ」

「さあな。俺には子どもがおらん」

「ガキは平気で残酷なことをするもんや。大人にはできん」

「なにが言いたい」

「さあな……そろそろ帰るか」

五十嵐が立ちあがる。

美山は腰についた草を払いながら、地面を見た。

赤とんぼが墜落したあたりだ。もう羽音は聞えなかった。

斜面の下のグラウンドには誰もいなくなっていた。スコアボードの七回裏に、2と×がある。七回の表の1は、ピッチャーが打ったホームランの得点だ。

静かで退屈そうなグラウンドに打球音と歓声がよみがえった。

それもほんの一瞬のことであった。


和歌山から帰ってきたのは午後六時前だった。

事務所で着替えているところへ電話が鳴り、ひと風呂浴びて外出した。

――大事な話があるので会ってもらえないか――

関西同和協会の川島から神妙な口調でそう頼まれた。

川島は虫の好かない野郎だ。ことわろうと思ったけれど、番町の区画整備の件で相談があると言われてはむげに扱えず、青田の存在が頭にちらついた。

それで、花隈公園近くにある女房の店で会う約束をしたのだった。

堅気の客ばかりの小料理屋なので顔をださないように心がけているが、他人の耳目が気になる人物と会うときにかぎり奥の座敷を使っている。

美山は、差し向かうなり、本題に入った。

「大事な話を聞かせろ」

「憩の館に協力してほしい」

「憩の館……なんや、それは」

「言葉どおり、整備地域の中央に住民の憩いの場を設けたい」

「公民館か」

「老人を対象にした医療と娯楽の施設だよ。我々の活動と、自治体の同和対策事業がそれなりの効果を発揮し、地域の環境もずいぶん良くなったが、その一方で、若者の地域離れも深刻化してきた。とくに、おととしの八鹿高校事件のせいで再び同和への偏見の視線がきつくなって、若者離れが加速している」

八鹿高校事件とは、昭和四十九年に兵庫県養父郡で部落解放同盟が八鹿高校を占拠し、糾弾会と称して教職員を監禁・暴行した事件で、多くの怪我人がでた。

新聞やテレビばかりか雑誌や書籍までも差別問題に神経を磨耗していた時代で、その事件を機に圧力団体の過剰な活動が沈静するかと思われたのだが、翌年、京都在住の人物が全国の同和地区およびその地域の居住者氏名を列記した〈地名総鑑〉なる資料の存在を暴露し、ほとんどの企業がその〈地名総鑑〉によって新入社員の採否を決めていたことがあかるみにでると言葉狩りが勢いを盛り返し、マスコミを悩ませた。

「いずれ番町も、過疎の村のように、老人だらけになるという予測か」

「いまの若者は利己的だからね。同胞の地位向上より、個人の立場を優先する」

「誰かておなじやろ」

「もちろん個人の自由と権利に文句を言うつもりはないが、このままでは地域の高齢化が進み、やがて老人村になるのは眼に見えている。だから、医療設備と福祉を充実させ、薄れつつある地域の連帯感を強めなければならないのだ」

「老人対策はともかく、連帯感を強める必要があるのか。いまはもう、集団でどうこうする時代やない。それこそ、八鹿高校の騒動がええ例や」

「時代ではないからなおのこと……それが弱者の生きる知恵というものだよ」

「笑わせるな」

「なにっ」

川島が気色《けしき》ばんだ。

美山は平然と受け流した。

「たしかに、番町には死に損ないみたいに喘ぐ弱者がぎょうさんおる。けど、彼らをカネ儲けの道具のように扱うあんたが謳うのはちゃんちゃらおかしい。連帯感とか、きれいごとは地域の人が皆、平等な暮らしができるようになってからほざかんかい」

「聞き捨てならん」

「たいそうな事業家とでも言うてほしいか」

川島がおおげさにため息をついた。

大事な話の入口で頓挫するのを警戒してか、怒りを堪えているふうに見える。

関西圏の行政者や経済人で川島に面と向かって悪態をつく者はいないだろう。

そんな男でもガキのころは心に疵を負ったはずだが、その疵に金箔でも貼ったか。

美山はそんな思いで川島を見つめた。

川島が気をとり直すように笑みをうかべた。

「あいかわらず突っ張っているようだね」

「おかげさんで、あんたと手を組まずに済んでる」

「それは、わたしの友人を意識しての台詞かな」

「ものははっきり言えや。俺は、吐いた言葉はのまん。ここでの話が青田さんに筒抜けになるのも承知のうえや。あんたが色をつけて話そうとかまわん」

「今夜はわたしの一存で来た。彼に事後報告する予定はない」

美山はぐるりと首をまわした。

したたかな男とのやりとりは肩が凝る。

充分に間を空けて口をひらいた。

「俺になにをさせたいのや」

「地区整備計画について、君は住民の意見をとりまとめているそうだね」

「俺はしのぎのためにやってる。猫の額ほどとはいえ、土地を失くして鉄筋アパートに移るのやさかい、あれこれと不平不満がでる」

「だからこそ住民の集える場所が必要だと思うが」

「反対はせんが、どこに、どれくらいの規模で建てるか。それによっては住民らの仲がよけいにこじれる可能性もある」

「そこだよ。君の力を借りたいのは」

川島が語気を強めた。

美山は手酌酒をあおり、盃をトンと置いた。

「その話は決定なのか」

「市と区の内諾は得た」

「住民の意見を聞く前に……ということは、あんたの団体が運営するのやな」

「そうなる」

「行政の補助金を得てしっかり稼ぎ、そのうえ、住民の団体離れを防ぐ魂胆か」

「まったく、口さがない男だね」

「悪いとは言うてへん。背負う看板は違うが、俺もあんたと似たような稼業や。他人様に講釈を垂れる分際やない」

「どうも君は偏見を持ちすぎているようだ。わたしの団体は人権活動をやっている」

「建前はいらん」

美山は乱暴に返した。

やはり反りが合わない。神経がひりひりと疼きだし、我慢も限界に近づきつつある。

「決定事項なら無視できんが、あんたに協力はせん」

「協力はしないが、反対もしないと受けとっていいのか」

「さあな。とにかく、住民への説明は自分でやれ」

「君の立ち位置を聞きたい」

「応える前に確認しておく」

「なにかね」

「うちの者が夜回り中に一匹のネズミを捕まえた」

「ほう」

知っていたのか、初耳なのか。

どちらともとれる表情だった。

いずれにせよ、食えぬタヌキだ。

その思いがでまかせを吐かせた。

「あんたの身内らしいな」

川島が口を固く結び、鋭い視線をぶつけた。

美山も凄みを利かせた。極道者が眼光の勝負で負けるわけにはいかない。

やがて、川島が口元を弛めた。

「確かな証拠があって、ものを言ったのか」

「あったらとっくに、あんたは蜂の巣になってる」

「捕まえた者はどこにいる」

「デコスケに渡した。が、翌朝にはブタ箱から放りだされたそうな」

「放火事件とは関係なかったのだろう」

「灯油と新聞紙を持ってたわ」

「それでも警察が釈放したのなら、それなりの理由があるはずだ」

「理由は……圧力や」

「わたしがかけたとでも……」

「訊いてるのは俺や」

「わたしは関与していない。そもそもそんなことがあったとは知らなかった」

川島がよどみなく言った。

しらばくれているとしたらたいしたタマで、半端な極道者なら食われてしまう。

青田はどうなのか。

ふとそんなことを思ったが、すぐに頭から追い払った。

「俺の立場は未定や。しのぎにどう影響するか。それしだいやな。それと、ひとつ言うておく。憩の館とやらを建てるにしても、整備事業の本体には手をだすな」

「その予定はない」

「あんたの予定はどうでもええ。これは警告や」

「そうとがるな。わたしはこれでも君の顔を立てているつもりだ。君の島で、君の商売の邪魔にならないよう配慮している」

「商売と違う。しのぎや。そこからして、あんたとは違う。それと……俺に君はやめろ。あんたとは会いたくないが、この先、面を合わせるときは、おまえでも、われでもかまへんさかい、君とはぬかすな」

美山は言い置き、部屋をでた。

カウンターのなかにいる女房が眼をまるくした。

いつも無表情な板前の顔も強張って見えた。

客はいなかった。

そういう時間帯だが、店がひまなのは川島のせいのように思えた。

「お客さんは」

女房が小声で訊いた。

「帰ったら塩を撒《ま》いとけ」

「あんた……」

「花園におる。店を仕舞《しも》うたら来い」

花園は生田新道にあるナイトクラブで、夫婦で呑むときはよく利用する。

そとにでて、煙草をくわえた。

空に満月が浮かんでいる。よく見ると、左下がすこし欠けていた。十三夜か。

中秋の満月を見たことがあったかな。

不意にそう思い、のんびり構える月にむかって紫煙を飛ばした。


ダボシャツ姿の合力が客めがけて数枚をかさねた紙幣を投げる。

紙飛行機のように滑空したそれは、ばらけることなく白布にふわりと降りた。

ひろい賭場だ。二十畳の真ん中にサラシ布が張られ、胴師と二人の合力が座す一面以外は隙間なく張り客がならんでいる。

極道者が祝儀集めの目的で同業者相手に開く花会と称する賭場を除いて、一堂に四、五十人の張り客が揃う賭場はめったに立たない。

そろそろ洗うな。

村上義一は、そう感じた。

合力の前には十万円の束が九つ、五万円の島が七つあり、ばらの万札と千円札をかぞえ合わせれば百八十万円ほどになる。

胴師の自前のカネに百万円が上乗せされた額だ。

胴前八十万円に新規四十万円の賭場なので、胴師の勝ち分がその合計の百二十万円を超えれば、いつでも好きなときに洗える。つまり、いまやっている胴師は、あと二十万円以上を上乗せした時点で、勝ち止めの権利を行使できるのである。

合力のひとりが両の手のひらを太股《ふともも》にあて、背筋を反らした。

「入ります」

続いて、胴師が動く。

竹細工の壺を右手に持ち、左手の指先にはさむ二個のサイコロを壺におとす。

壺を振り、四角い盆茣蓙《ぼんござ》の上に被せる。

盆上の空気がゆれた。客たちが息をついたのだ。
「さあ、どうぞ」
合力のこもったひと言は、客たちの勘と射幸心を刺激する。
客がさまざまな所作で白布に札をならべる。
ほとんどが定石どおりの四枚札で、ところどころ、一枚か三枚の札模様がある。
それらの札の傍にカネが添えられた。
村上は、客の全員が張りおえる前に腰をあげた。
となりの新之助が続いた。

天井から垂れる滴が湯煙の空間に快い音を響かせる。
村上は、がらんとした大浴場をとおり抜け、露天風呂へむかった。
ひんやりとした風が火照《ほて》った肌をさすった。
神戸市内は夜でも暖かいけれど、六甲山中の有馬温泉はもう秋が深まっていた。
おおきな岩に囲まれた露天風呂にも人はいなかった。
赤茶色の湯は、浮かぶ満月を弄《もてあそ》ぶように、ゆるやかに撓《たわ》んでいる。
「うわさには聞いていましたが、凄い賭場ですね」

「凄いのは先代の西本組長や。満月の宴と名づけたのも西本の親分で、本家若頭になられたとき、組の賭場に出入りする客に祝いのお裾分けをしたのが始まりらしい」

「それが十年……亡くなられたあとも続いてるのですか」

新之助が感嘆するように言った。

「それだけ客が多いということや。客の懐も深いのやろ。賭場の客の寿命は長くて五年……うちの賭場は一年も持たん客がぎょうさんおる」

「ほんとうに」

「感心するな」

「すみません」

「客の質や数はともかく、賭場の雰囲気は見習え。客の誰ひとりとして盆を離れん。せっかくの温泉やのに、ここには誰もおらん。あの雰囲気がそうさせてるのや」

「ここは借り切りですか」

「西本組が借りたのは一番上の三階だけやが、下にも一般客はおらんそうな」

「旅館の主がガサ入れを心配してますのやな」

「違う。ここで最初の賭場を開いたとき、西本の親分は、宿代と心づけのほか、迷惑料として一階二階に泊まっていたお客さんの宿代も払《はろ》うたらしい」

「それで、旅館が礼を返したわけですか」

「それも違う」

村上はきっぱり言った。

「大金をおとすというても、相手は極道者や。あの旅館は極道者と繫がっていて、賭場まで提供してる……そんなうわさが流れてみい。商売はあがったりになる」

「それならことわったほうが……」

「できるかい。相手は西本組や。それに、虫酸《むしず》とやらを腹にかかえていようと、一年にたった一回の辛抱や。笑顔の接客をすればボーナスを手にできる」

「幾らなのですか」

「寺銭はほとんど残らんと聞いた」

新之助が顎をあげる。得意の算盤を弾く顔になった。

「三百万も……」

どうやら新之助は、宴会がおわった午後八時から賭場を閉じる予定の朝六時までに胴が十回替わると計算したようだ。

ひとりの胴師が百二十万円を稼げば、寺銭として二割五分の、三十万円が胴元の懐に入る。十人の胴師全員が勝ち止めできたら寺銭は三百万円を超える。

ただし、自前のカネを吹っ飛ばす胴師もいるし、ある胴で一進一退の膠着《こうちゃく》状態が長引くこともある。その場合は時間を食う分だけ胴元のしのぎが減る。

「二百から二百五十いうところやな」

「それでも凄い。胴前はうちの賭場の倍なのに、しのぎは四倍です」

「単純に倍率で勘定するな」

博奕は賭けるカネにメリハリをつけて勝負するものである。

いつもおなじ額で勝負する輩《やから》は単なる博奕好きで、長期間での収支は赤字になる。

美山の舎弟だったころ、そんなことをいやというほど教え込まれ、実際に賭場の客らの張り方を観察するうちに博奕の定石らしきものが見えてきた。

だからといって、自分がメリハリのつく博奕を打てるとは思わなかった。

賭ける額が異なれば、心の構え方も違ってくる。

いつも百円勝負をしている者がたまに千円札を賭けるのにさほどの度胸は要らないだろうが、万札での勝負となれば心はざわめき、負けのリスクが頭にちらつく。

自信の勝負のはずなのに不安がめばえ、不安はためらいを誘う。

それが、身銭を賭ける博奕の本質なのだ。

真性の博奕打ちは心がゆれない。体験則によるものなのか、生まれつきの気質なのか、百円でも千円でも、万札をかさねての勝負でも、心の構え方は一定を保っている。勝ち負けに関係なく、冷静に見切り時を見極められる。

村上は自信がない。負ければカッと燃える。だから博奕を遠ざけている。

「ところで」

村上は話題を変えた。

「おまえのしのぎのめどは立ちそうか」

「まだ考えることが多くて……けど、バッタ屋をやるつもりでいます」

「バッタ屋て何や」

「現金で商品を仕入れて客に安値で売る商いです。大阪には昔からありまして、倒産寸前の会社から商品を買い集めたり、盗品を買ったりしているとか」

「面倒そうやな。それに、たいしたしのぎにはならんのやないか」

「自分は、舶来品を扱うつもりです。ここ数年はヨーロッパの嗜好品が増えています。時計にライターにネクタイ……酒場では高値の洋酒などを安く手に入れて売り捌ければそれなりの利鞘を稼げると読んでいます」

「仕入れ先のあてはあるのか」

「うちのお客さんに船会社の人がいるでしょう」

「加藤さんか」

「はい。加藤さんに知恵をお借りしました。これからは保護貿易の規制が緩くなるから外国製品が増えるそうです。でも、嗜好品の税率は高いので、それらを香港の免税店で買いつけ、デパートの半値か七掛けで売れば絶対に儲かると教わりました」

「旅費を払うても採算がとれるのか」

「品数を揃えるのに最初は香港あたりへ飛ぼうと思っていますが、もうひとつ、ええ方法を教えてもらいました」

「ほう」

「神戸には船会社があります。たくさんの外国の船が寄ります。それらの船員に渡りをつければ、品数や金額には上限があるけれど、非課税扱いで陸に揚げられます」

「運び屋をやらせるのやな」

「表むきは連中の土産を買いとる形ですが」

湯気のなかに、もうひとつの満月が浮かんだ。

ひさしぶりに新之助の笑顔を見た。

「資金はどれくらいかかる。品数を揃えるのなら、それなりの店も要るやろ」

「店は三坪もあれば充分です」

「たった三坪か」

「店で扱うのはネクタイやスカーフや香水などで、高値の品は裏で売ります。手始めに加藤さんにお願いして、流行りかけのカルチェのライターを集めるつもりです」

「わかった。客は東門の店と女やな」

「あまり派手にやると税務署に睨まれますので、口コミで商売しようかと」

「それも加藤さんの知恵か」

「ええ、まあ」

「よし、開店資金は面倒見る。その代わり、条件がある」

「なんでしょう」

「東門の経営者やホステスらを勧誘せえ」

「賭場に誘い込むわけですね。さすが、おやっさんはしっかりしてますわ」

「どあほ。おまえひとりがうまい商売を始めたら、ほかの若い者が妬む。己の才覚でしのぎをかけて、おまけに義心会が潤えば誰も文句は言わん」

「はい。頑張ります」

「話はお仕舞いや。でるぞ」

「賭場に戻られるのですか」

「おまえが戻れ。俺は用がある」

村上は空を見あげた。

湯気にもやるそれとは違って、遠くの月は凜々《りり》しく、冷たく感じた。


「失礼します」

村上はひと声をかけ、離れ屋の襖を開いた。

縁側で、五十嵐が浴衣《ゆかた》姿の背をまるめ、庭をむいていた。

燈籠の橙色の灯がひろがる庭園のあちらこちらで虫が鳴いている。

村上は、ふと、子どものころに歌った童謡を思いだした。

だが、どの鳴き声が鈴虫なのかコオロギなのかわからなかった。

挨拶をしてとなりに座ると、五十嵐がビール瓶を傾けた。

「極道者かて人間やのう」

村上は意味がわからず、黙ってグラスを手にした。

「こうして庭を眺めていると心が和む」

「自分も、うちのおやじの家の庭を見ると、なんや、ほっとします」

「代行は元気にされてるか」

「はい。伯父貴は会われていないのですか」

「このところ無沙汰続きや」

「おやじで心配なのは麻雀をやりすぎていることです」

「それは仕方ない。麻雀は罪滅ぼしや」

「えっ」

「おまえ、知らんのか」

「なにをですか」

「あの女のことは覚えてるやろ」

「もちろん。四年前、あの女の店でおやじが襲われましたさかい」

「代行はそのときの借りを返してる」

「借りて……愛人やのに」

「そうやない。あの女が代行にのぼせてたんや。代行は手をつけてへん。おまえ、まだ代行の女癖がわかってないようやな」

「すみません」

「代行は、一方的に熱をあげる女には手をださん」

「ほう」

「惚れられるより、惚れるのが男の役目やそうな」

「ようわかりません」

「そうよのう。俺も据え膳はありがたくいただくクチや」

「自分は、そんなおいしい思いをしたことがありません」

五十嵐が顔をほころばせた。

前回見た笑顔は三か月前である。東門のナイトサロン以来会っていなかったのだが、おとい電話があって、満月の宴に招かれた。

五十嵐が旨そうにビールを呑む。

「あんな迫力のある賭場は初めてです」

「一年に一度きり……そやから客は燃えるし、若衆らも気合が入る」

村上ははっとした。そういうことなのか、と己の軽薄さを悟った。

「人は、慣れてくると、ありがたみを忘れる。飯を食えることや、布団の上で寝られるのをあたりまえのように思うてしまう」

「なんとなくわかります」

「ところで、ギイチ。兄弟とのしのぎはどうや」

「いまのところは順調です」

「番町のほうもか」

「はい。放火騒ぎも一段落して、住民との折衝も問題ありません」

「それならええが」

「なにか心配なことでも」

「そうやないが、あのてのしのぎは面倒がつきもんや」

「もしかして、憩の館の件を……」

「ん」

五十嵐が顎を突きだした。

「なんや、それ」

村上は顔をしかめた。美山の怒声が聞えてきそうだ。

関西同和協会の川島の計画は、美山に教えられた。連続放火事件以降、美山とは緊密に連絡をとり、義心会も夜回り隊を送りだしている。

放火事件から二週間が過ぎ、住民は落ち着きをとり戻しつつあるが、油断はできない。川島が区画整備事業に色気をみせているとのうわさもある。

「話せ」

きつい口調ではなかったが、圧迫感を覚えた。

村上はすぐに腹を括った。多少なりとも五十嵐の気質はわかっている。口は堅く、むやみに人をこまらせる男ではない。

それに、美山との絆がある。二人を結ぶ糸は、あるときは撓み、あるときはぴんと張るのだが、どちらかが手を放さないかぎり、切れないと思う。

「川島が番町の整備地域に老人むけの施設を建てようとしています」

「ほう」

「それが憩の館で、川島は美山の兄貴に協力を要請したそうです」

「兄弟の返答は」

「ことわられました」

「当然やな。それにしても、とぼけた野郎や」

そう言ったあと、五十嵐が首をひねった。

思案するような表情に見え、声がでた。

「なにか」

「ことわられるのを承知のうえの行動かもしれん」

「一応の筋をとおすための芝居だったと……」

「兄弟はどう思うてるのや」

「わかりませんが、もう会う気はないと言うてました」

五十嵐が庭に顔をむけた。

村上は、置いてけ堀を食った気分になった。

視線をやった先の燈籠の灯が不安を増長させた。月光が同調し、それをかきたてる。

虫の合唱がうるさい。初めはBGMのように聞えていたが、五十嵐と話を始めてしばらくすると耳に入らなくなった。いまは耳ざわりで、怒鳴って追い払いたいくらいだ。

「のう」

いつのまにか、五十嵐は顔のむきを戻していた。

「代行は幾つになられた」

「年末の事始の日で六十六歳になります」

「そうか」

五十嵐が白い歯を見せた。

「生まれついての極道者……それが代行の口癖やった」

関西の極道社会の元日は、御事始の十二月十三日である。江戸時代からの慣習に倣《なら》ったものだが、関東のヤクザ社会は十二月八日に正月行事を行なう。

「初耳です」

「おまえ、盃を受けて何年になる」

「六年目です」

「還暦の子か」

五十嵐が独り言のように言い、すこし間を空けて言葉をたした。

「代行は、まだ引退を口にしてるのか」

「いいえ、最近は……引退する理由はないと思います」

「かりの話やが、代行が引退したら、おまえはどうする。二代目を継ぐ友定と盃を直すか、美山につくか、それとも、一本で立つか」

「考えたこともありません」

「代行の意に従うという意味か」

「ほかに道があるのですか」

村上はむきになった。

五十嵐が眼を細めた。

子ども扱いされているようで神経にふれたが、我慢するしかない。

「兄弟としのぎを分けるのは初めてか」

「はい。けど、分けるとは思っていません」

「おまえの独りよがりなど、どうでもええ。俺が気にしてるのは、兄弟がなんでおまえを引き込んだのかということや」

「自分に甲斐性がないからでしょう」

「つまらんことをぬかすな」

五十嵐が声と眼で凄んだ。

村上は、股間が縮みそうになりながらも耐えた。

「おまえは松原組の代紋を背負うてる。面倒がおきれば松原組も無傷では済まん。それくらい兄弟は百も承知のはずや」

「もしかして、おやじと兄貴が相談し、自分を誘ったと思われてるのですか」

「可能性の話や。で、おまえは代行に相談したのか」

「もちろんです。しっかり勉強せえと言われました」

「なるほどな」

五十嵐がにんまりとし、立ちあがって庭に降りた。

村上は、座ったまま五十嵐の背を見ていた。

いったい今夜の話は何だったのですか。

胸中でそう訊いた。

安野寛が壁に掛かる西本の写真をじっと見つめている。

五十嵐は、そとで会おうという提言をことわられた理由を悟った。安野は、西本と西本組事務所に別れの挨拶をするために来たのだ。

安野がそのままの姿勢で口をひらいた。

「おとといの宴は賑わったか」

「おかげさまで」

「西本もよろこんでるようや」

安野が動き、五十嵐の正面に座った。

五十嵐は笑顔を見せた。

「お仕事が決まったようで……あこがれのサラリーマンになられたのですか」

安野が手のひらをふった。

「むりな願望やった。結局、制服の警備員や」

「まさか、県警四課の課長さんがヒラということはないでしょう」

「制服や。指導教員でと乞われたが、現場を希望した」

「刑事根性がぬけないのですか」

「そうかもな。で、長内も一緒や」

「えっ」

「おまえと淡路島で会《お》うたときはもう、やつに相談されてた」

「そうですか……てっきり、姫路署で頑張ってるものと思っていました」

「署内の粛清人事の件は、長内とおなじ時期に着任した署長の仕業や。そいつは東京にべったりで、急激に勢力を拡大する青田組との摩擦を懸念し、青田組と親密な関係にある部下の首を刎《は》ねたらしい」

「長内はそれが気に入らなかった」

「ああ。根っからのマル暴刑事で、相手の懐に入って仕事をするタイプや。青田組とのパイプを切るなと、署長に咬みついたそうな」

「それで、はぐれ鳥に……県警にも似た鳥がいますね」

「中原か」

「ついでに、やつの面倒もみたらどうです」

「そう邪険にするな。あいつは、おまえを買《こ》うてる」

「……………」

「おまえとのやりとりは聞いてる」

「あいつが喋ったのですか」

「あれで、律義なところがある。電話ではいつもおまえの話になる」

五十嵐は無言で安野を見つめた。

冗談を言う顔ではなかった。

――相棒にするか――

あれは本音だったのか。

「中原に聞いたやろ。捜査二課が関西同和協会の川島をターゲットにしてるのを……あれは県警本部の最高機密や」

「内偵は進んでるのですか」

「地検や国税と連携するころや。圧力団体とじかに接してる地方自治体が協力してくれたらもっとすんなり行くのやが、役人は腰が引けてる。なにしろ、連中のなかには川島らとつるんで私腹を肥やしてる者もおるからな」

「安野さんは川島をどう思うてますの」

「クズや。同和とか差別とか、むずかしいことはわからん。けど、乞食はあかん。数をかぞえるのに、ひとつ、二つもあかんでは息苦しい。せっかく民主主義とやらの国になったのなら、正面きって不平不満をぶつけたらええのや。それより俺は、同胞の苦しみや貧困を、銭儲けに利用する輩が許せん」

安野の口調に熱は感じなくても、本音の吐露に思えた。

五十嵐は息をついてから訊いた。

「四課も連携しますのか」

「いまのところは、二課のお手なみを拝見してるようや。青田が気になるのか」

「当然でしょう。本家の若頭です」

「けど、こまることはないわな」

安野が薄く笑った。

神経にさわる笑みだったが、五十嵐は動じなかった。

「こまるか、よろこぶか……時期にもよります」

「なるほど」

今度はしたり顔を見せた。

「中原の眼力は確かなようや。五十嵐がほんものの極道面になったとぬかした」

「そう言われても、あいつに胸をひらく気にはなれません」

「藤堂の一件か」

五十嵐は頷いた。

「やったことは最低やが、そろそろ勘弁してやれ。あのとき、本人は家のローンが残ってるから警察を辞められんかったと言うたが、本音やない。刑事以外の仕事はやつの頭になかった。それで本部長の言いなりになった」

「またおなじ状況がおきるかもしれません」

「つぎもおなじ結末とはかぎらん。人はどこかで、挫折とか屈辱とか、味わうもんや。それで皮が剝けるかどうかは本人の心がけしだいやが」

安野の話を聞きながら、中原との会話を思いだした。

ほんまに堪えているのか。

ほんの一瞬だが、そう感じたことがある。

妙に落ち着かない気分になった。

「街にでませんか。就職祝いをやりましょう」

「端《はな》からそのつもりや」

「なにを食べますか」

「この歳になるとステーキはしんどい。極上のしゃぶしゃぶがええわ」

「予約します」

「いらん」

「はあ」

「もう済ませた。長内もその店にくる」

「段取りがええことで」

「最後のタカリや。堪能させてもらう」

両手で膝を打ち、安野が立ちあがる。

「ついでに、中原も呼びましょうか」

「それも手配済みや。今夜は長内の送別会を兼ねてる」

安野が片眼をつむった。

「あほくさ」

五十嵐はあきれ顔を壁にむけた。

写真の西本が笑っているように見えた。


生田川の水かさが増している。

五日続きの雨だ。降りはじめは安野と呑んだ夜だった。

上機嫌の安野と、あいかわらず無愛想の長内、一生ふてぶてしさは消えないだろう中原の四人で、突然の雨に濡れながら東門を遊び歩いた。

ずいぶん昔のように感じるのは、もう安野と会えないと思うせいか。

またひとり、男が去った。

そんな感慨がある。

五十嵐は、橋を渡りきったところで足を止めた。

川端の柳の根っこに赤紫色の花を見つけた。すみれだ。

秋の長雨は続いていても気温はさがらなかった。そのせいか、新聞やテレビのニュースで毎日のように桜やすみれの狂い咲きが伝えられている。

故郷の小川の傍らにもすみれが咲いているだろうか。

不意の思いをすぐに消した。

あれから三十年になる。

小川はまだ流れているのか。

あの火事で母と新田の父親が死んだのかどうかもわからないままである。

テレビはこの世に誕生していなかったし、新聞を読むこともなかった。

燃えさかる炎に追われるように夜通し駆けた。線路を見つけ、その上を走った。

新田が汽車賃を持っていなかったら、どこまでもそうしていただろう。

「こんばんは」

か細い声にふりむいた。

道の真ん中に女が立っていた。わずかに傾く蛇の目傘が似合っている。

五十嵐が見つめると、女はかすかに笑った。

遠い記憶の笑顔にかさなりかけた。

だが、そうならなかった。母は媚《こ》びていた。眼の前の女ははにかんでいる。

「客は」

「誰も……」

「この雨やからな」

「ええ」

会話は弾まず、視線はまともに合わなかった。

そういう環境で生きてきたのか。

新田との仲はどうなのだ。

そんなことを訊かれるのを拒むような雰囲気がある。

もっとも、訊く気はない。名前すら知らない。新田の女。それで充分だ。

五十嵐は、女の脇をぬけるようにして店に入った。

♪あなた、変わりはないですか――

テレビで都はるみがささやくように歌っていた。

いつもの席でそれを眺めていると、女がタオルで背を払ってくれた。

新田が正面に立った。

口のまわりがさっぱりしている。凜々しく見えるのは糊の利いた白衣のせいか。

変わったな。

胸のうちでつぶやいた。

声にすれば新田はいやがるだろう。

新田が変わらなかったので、五十嵐はしがらみを引き摺っている。

新田はそれを知っているはずだ。

「酒……熱燗でくれ」

新田が頷く。

立ち姿は変わっても、無精髭が消えても、表情は以前とおなじだ。そうすることで自分との距離感を保っているようにも思う。

むりするな。

そう言ってやりたくなった。

烏賊と葱の饅がでてきた。ひと口食べて顔をあげた。

「変わったな」

「まずいですか」

「いや。味がハイカラになった」

「あいつが」

新田が女のほうに顎をしゃくる。

「味噌を酒で溶いて」

「で、口あたりがなめらかに」

「たぶん」

「ええやないか」

新田が七輪の炭を熾す。

顔が赤くなった。

照れを隠したように見えた。

「魚はあるか」

「スズキとサンマです」

女が応えた。

「スズキは薄造り、サンマはたっぷり塩をまぶし、焼いてくれ」

新田が炙ったタラコにレモンを搾る。

五十嵐は新田に声をかけた。

「きょうの俺はどうや」

「八卦ですか」

「おう」

「やさしそうにも、さみしそうにも……」

「たのしそうには見えんのか」

「わからないよ」

「どうや」

五十嵐は徳利を持つ手を伸ばした。

新田がうれしそうに盃を手にした。

男と女の縁を祝福するつもりだった。

どうやら新田はそれを理解したようだ。

三十分ほどで腰をあげた。

自宅に帰るか、東門に寄るか。

いずれにしても急ぐことはないのだが、店に長居をするつもりはなかった。

新田の顔を見ながらひとりで酒をやる。

ずっと、そうしてきた。これからもそうするだろう。

そとにでた。

うしろ手に戸を閉めようとしたときだった。

闇の片隅に人を見た。動きを止めた。

柳の下の男が勢いよく傘を飛ばした。

「西本組の親分ね」

きつい訛《なま》りだ。博多弁か。

「おどれは」

男が応えず腰をおとした。すでに両手で拳銃を握っている。

男との距離は四、五メートルか。

「そこからで、あたるんかい」

「しぇからしか」

銃口が火を噴いた。

太股に衝撃が走った。

痛くはない。だが、膝の力がぬけた。
熱い。それでも踏ん張った。
店に逃げ込もうとは思わなかった。走っても追いつかれる。
傘を持つ右手に力をこめた。
相手が近づけば、その瞬間に勝負をかける。
荒い息遣いが届いた。
「来いや」
五十嵐の声に二発の銃声がかさなった。
一発は鼓膜をふるわせた。
男の身体がくの字に折れ、うしろに吹っ飛んだ。
傍らでうめき声がした。
新田が顔をゆがめていた。
視線が合ったとたん、新田の身体が崩れかけた。
五十嵐は抱き留めた。
白衣が血に染まっている。心臓のあたりだ。
「兄《あん》ちゃん……怪我は……」

「どあほ。拳銃《チャカ》なんぞ持ちやがって」

「ずっと店に……兄ちゃん、ひとりで来るから……」

「もうええ。喋るな」

「あんたっ」

女が滑るようにして地面にしゃがみこんだ。

男と女の顔が接近した。

「あんたっ」

女がわめく。顔は壊れていた。

「すまん」

かすかな息が声になった。

「いやや」

女が叫んだ。二つの顔がくっついた。

雨音に喘ぎ声がまじった。

五十嵐は拳銃を摑んだ。

男がよろめきながら近づいてくる。

腕が伸び、銃口がむけられた。

だが、五十嵐が引鉄《ひきがね》をしぼる寸前で男が力尽き、倒れた。
黒光りの舗道にひろがる男の四肢を、容赦なく、雨が打つ。
その光景をじっと見つめた。
泣き叫ぶ女の声がひどく遠くに聞える。
五十嵐は動けなかった。身体も眼も固まっていた。
いまにも男がおきあがりそうな恐怖があった。
十秒か、一分は経ったか。
五十嵐が視線を移したとき、すでに新田は眼を閉じていた。
その顔を呆然《ぼうぜん》と見た。
柵が砕け散り、記憶が濁流のように押し寄せてきた。
「なんで」
女が幾度も顔をふる。機械仕掛けのようにゆっくりとふり続ける。
「なんで……なんで、こうなるの」
かすれた声が雨に打ちおとされ、地面に滲《し》みた。
五十嵐は声をかけてやれなかった。言葉を失くしていた。
わからないよ。

闇のなかを新田の声がさまよっている。

第四章　そのときは

正門脇の鉄扉が開き、藤堂俊介があらわれた。

藤堂は踵を返して制服の男に一礼し、再び門を背にすると天をあおいだ。

近寄りがたい雰囲気がある。青々と剃髪《ていはつ》した頭に意志を感じた。ようやく出獄できたというのに、覚悟を決め、これから刑務所に長居するかのようだ。

初秋の空はまだ眠そうに白んでいる。午前五時を過ぎた。

美山勝治は、車を離れ、ゆっくりと藤堂に近づいた。

藤堂のかつての親である谷口清三郎は迎えに行くと言い張ったが、美山はそれを思い留まらせた。出所のタイミングが悪すぎる。

五十嵐が襲撃されて五日しか経っておらず、親分の命を狙われた西本組が色めき立っているのは当然として、神俠会の執行部も腰が据わっていない現状である。

谷口と藤堂の絆は実の親子より強いといわれているが、渡世上の縁は切れている。

それを無視して行動すれば、谷口は極道者としての器量を疑われ、三年前の涙の縁切りは猿芝居だったのかと勘ぐられて、藤堂の復縁に支障をきたす恐れがある。

そう言って、懸命に谷口を説き伏せたのだった。

手が届く距離で対峙した。

藤堂の表情は変わらず、まばたきすらしなかった。

美山はすぐに背をむけた。どんな慰労の言葉も拒絶されそうに思えた。

藤堂が肩をならべる。

「神戸に連れて帰る気か」

「谷口さんが待ってる」

わずかな間が空き、また声がした。

「五十嵐の怪我はどうや」

「右の太股を撃たれ、弾は尾骶骨《びていこつ》に止まってた。三週間で退院できるそうな」

「会《お》うたんか」

「まだや。警察のどあほが、銃刀法違反の疑いがあるとぬかし、面会を制限してる。時間を稼ぎ、騒動が鎮まるのを期待してるのや」

「相手は九条組の下っ端の、覚醒剤中毒《シャブチュウ》らしいな」

「刑務所の担当はそんなことまで教えるのか」

「ついでに、神戸には戻らんほうがええとも言われた」

藤堂が薄く笑い、話を続ける。

「で、本家の方針は」

「おまえの復縁話か」

「九条組への報復や」

「まだ本家としては決めてない」

「西本組もか」

「やる準備はしてるやろが、動いてないと思う。五十嵐がそう命じたらしい」

「なんで」

「わからん」

「本家はいつ態度を決める」

「あさって……この前の緊急会議でそうなった」

「のんびりしてるのう」

「的は逃げん。いまは警察の眼がきびしい」

「おまえの予想は」

「戦争にはならん」

「神俠会の幹部が撃たれたのにか」

「いろいろあってな」

「教えろ」

「青田さんが九条組との縁談に動いた。おそらく、今回の事件の背景はそれだ」

「五十嵐が反対したんか」

「執行部のほとんどが反対やった」

美山は、藤堂に煙草を勧めた。そうすることで、五十嵐と陽道会の吉岡との縁談を教えたい衝動を抑えた。それについては、時期がくれば五十嵐が話すだろう。

二人は立ち止まり、紫煙を飛ばした。

「いまごろ、青田さんは九条に手打ちの条件を示してるやろ」

「そんな、あほな」

「青田さんには戦争を避けたい理由がある」

「なんや」

「神戸市の整備計画……青田さんは同和団体とつるんで利権に食いついてる」

「ゼニ儲けのために神俠会の面子を潰す気か」

「九条組の全面降伏なら一応の面子は立つ」

「それでほかの幹部が納得するんか」

「不満でも、時期が悪すぎる」

藤堂が首をかしげた。

「二か月後に三代目の一周忌法要が執り行なわれる。全国の親分衆が顔を揃えるのに、戦争のさなかでは按配が悪い。というて、法要は絶対に延期できん」

「なるほどな。俺も間が悪いときにでてきたもんや」

「はっきり言えば、そうなる。松原の伯父貴も、大村さんも谷口さんも、一周忌法要の恩赦みたいな形でおまえを復縁させるつもりでいたようやが、九条組との騒動のせいで、復縁の件は議題になるのもむずかしそうや」

「それなら、しばらく旅にでる」

「谷口さんが怒るぞ」

「適当にごまかしてくれ」

「家にも寄らんのか」

「……」

返事はなく、藤堂の顎があがった。

はるか上空を数羽の鳥が群れをなして飛んでいる。

美山は藤堂の胸中を思った。

藤堂には女房と三人の娘がいるが、高木殺害の罪で逮捕されたあと、谷口にも己が率いる清心会《せいしんかい》の若衆らにも、家族とはいっさい接触しないよう伝えたという。

藤堂の両親は太平洋戦争で亡くなり、唯一残った身内の姉は精神病院で自害した。昭和二十二年、戦後のどさくさのなかのことであった。

姉を自害に至らしめたのが高木で、中原刑事のささやきによってその事実を知った藤堂は、極道社会で伯父貴にあたる高木を射殺したのだった。

藤堂は血のぬくもりに飢えていた。だから、二十七年の歳月を経ていたのに、忠義のかぎりを尽くした谷口に迷惑をかけてさえも、姉の復讐に奔《はし》った。

家族への情愛も死んだ姉へのそれに劣ることはないだろう。

藤堂は家族を極道社会から切り離していた。それ以前は、女房を自分や五十嵐に会わせていたのに、結婚してからはまったく見せなくなった。入籍したのも子どもが産まれたのも、ずいぶんあとにわかったことだ。

姉の子はどうしているのか。

美山は思った。

若葉《わかば》という娘の眼前で高木を撃ったと聞いている。

美山は、顔をぶるっとふるわせ、藤堂の身内のことを頭から追い払った。

姪っ子はもちろん、家族のことを訊ねても藤堂はひと言も応えないだろう。

「行くあてはあるのか」

「ない。俺は神戸しかしらん。けど、なんとかなる」

「おまえ、ダルマでおれるか」

「ん」

「谷口さんや乾分らに接触せんと約束できるか」

「会える立場にないわ」

「それなら、俺にまかせろ」

「どうするねん」

「嫁の店の二階が空いてる。しばらくそこでのんびりしろ」

「おまえに迷惑がかかる」

「気にするな。絶縁なら問題になるが、破門のおまえを泊めても文句は言われん」

藤堂が眼元を弛めた。

ひさしぶりに見る笑顔だった。

それでも凄みは消えなかった。

いったい、なにをどう覚悟しているのか。

胸中を知りたいけれど、知れば心配の種が増えるかもしれない。

藤堂にはおとなしくしていてもらいたい。

それが本音である。

三年前に三人の意思が固まったときは高木射殺事件で計画そのものが没になった。

慎重居士の五十嵐が本音を吐露した今回は、藤堂が娑婆に戻ってくる直前に五十嵐が襲撃され、あらたな火種がおきた。

縁がないのか。神が試練を与えているのか。単にタイミングが悪いのか。

必然のように感じるのは、三人が歩いてきた道や、環境が異なるゆえか。

三人の誰かに不運とか悲運が憑いているとすれば、それは自分ではないかとも思う。

ため息が洩れた。

「どうした」

「いや……行こう」

美山は、煙草を靴底で潰し、歩きだした。

また藤堂がならんだ。

「ひとりで来たんか」

「ギイチが一緒や」

藤堂が納得するかのように頷いた。


車が走りだすと、藤堂が村上に声をかけた。

「松原の伯父貴は元気か」

「はい。兄《にい》さんもお元気そうでなによりです」

二人の会話はそれでおわり、藤堂が顔を横にむけた。

「おまえがここへ来たのを知ってるのは誰や」

「谷口さんと松原の伯父貴だけや」

「二人には俺の行く先を訊かれるで」

「新大阪駅まで送ったことにする。首を長《なご》うして待ってる谷口さんには怒鳴られるやろが、それも事務局長の仕事のうちや」

話しながら、美山はバックミラーを見ていた。

車が追走している。まだ一般人の通勤時刻ではない。

気配を察したのか、藤堂がふりむいた。

「俺の監視か」

「俺かもしれん」

「おまえも面倒をかかえてるんか」

「面倒にはなってないが、しのぎでぶつかりそうなやつがおる」

「どこの極道者や」

「性質《たち》の悪い堅気や。関西同和協会の川島……名前は知ってるやろ」

「ああ。あいつと仲が悪いんか」

遠慮ぎみの声だった。美山が川島と出自がおなじなのを知っているのだ。

「距離はある。それに、川島は青田さんと仲がええ」

藤堂が顔をしかめ、村上に声をかけた。

「停めてくれ」

村上が車を路肩に寄せた。

藤堂がすばやく車をでて、運転席のドアを開けた。

同時に、後続の車が脇をぬけた。

村上が助手席に移り、藤堂はハンドルを握った。

「ひさしぶりや」

藤堂の声が弾んだ。

車好きは知れ渡っている。

車はスピードを増し、前方の車を捉えるや、あっさり抜き去った。


ひろい病室で、五十嵐は右脚を吊るしていた。

美山は、海を望む窓とベッドの間の椅子に腰をおろした。

「最上階の特別室とは、亡くなられた三代目の病室より上等や」

「おちょくるな。病院が隔離したんや。おまけに、デコスケが張りついてる」

警察は厳重な警戒態勢を敷いている。病院の周囲は警察車両が動き回り、ロビーや通路には私服と制服の警察官が立っていた。

いまだ親族と弁護士以外との面会は禁じられている。

美山が面会できたのは捜査四課の中原刑事のおかげである。

――五十嵐がおまえに会いたいそうな――

けさ、中原がそう連絡してきた。

「おまえが中原と親しいとは知らんかった」

「はぐれ鳥も歳を食うて、羽を休めたいんやろ」

「つぎからつぎと、ええ巣を見つけるもんや」

「そういえば、藤堂の事務所に入り浸る前は兄弟のところに出入りしていたな」

「忘れた」

「兄弟はやつが嫌いか」

「デコスケと好き嫌いの物差ではつき合わん」

「俺もそうやった。けど、安野さんの勧めもあってな」

「どうでもええ」

美山はそっけなく返した。

「ところで、傷はどうや」

五十嵐がむけた視線の先を見て、美山は笑みをこぼした。ペリカンのオマルがある。

「難儀してる」

「若い女なら見せたってもええが、デコスケは蹴飛ばしとうなる」

嫁さんは、と訊きかけて、やめた。

藤堂と同様に、五十嵐も稼業と家族を分離している。

ただし、心の背景や構え方は異なるように思う。

おなじ程度の強固な意志を持っていても、藤堂はそれを全面に押しだすのでわかりやすい。

五十嵐は心中を読むのにこちらの神経が疲れる。

五十嵐の声がして、美山は視線を戻した。

「藤堂は」

「俺の嫁の店におる」

「はあ」

五十嵐が眼をまるくした。

「ひょっとして、谷口さんに会《お》うてないのか」

「家にも帰らず、乾分にも会うてへん」

「あの谷口さんが出迎えに行かんかったのか」

「我慢してもろうた。形だけとはいえ親子の縁は切れてる。いまは筋目が大事なときや」

五十嵐が肩をすぼめた。

「今回の一件が落着するまでの辛抱や。藤堂はしばらく旅にでると言うたのやが、俺が引きとめた。こんなおりに、狂犬を野放しにしておくのは物騒や」

「あいつは谷口さんの命令なしに動かん」

「わからんぞ。おまえ、やつの面を見たやろ」

美山は、窓を開け、煙草をふかした。

やわらかな風が頬をなでる。

俺もと言われて、五十嵐の口に煙草をくわえさせ、話を続けた。

「それはそうと……若衆に、九条組への報復を止めたそうやな」

「本家の決定を待ってる。あんな田舎極道など、いつでもやれる」

「執行部が和議に走ったらどうする」

「その可能性があるのか」

静かなもの言いだった。

「俺はその確率が高いと思う」

「……」

「れいの、おまえと陽道会の吉岡との縁談……あしたの会議で俺が話そうか」

「やめとけ」

「なんで。和歌山で覚悟したやないか」

「けど、いまは時期やない。戦機でもない」

「そうかな。俺は、青田さんを叩くチャンスと思うが」

「叩いて、どうする」

「ん」

「それで、俺らが主導権を握れるわけやない。藤堂はまだ復縁してへん」

「のんびり構えてたら、青田さんがどんどん先に走ってしまう」

「それはない。代行がおる。代行が現役のかぎり、若頭も勝手はできん」

「松原の伯父貴と会うたのか」

五十嵐が顔をふった。

「が、弁護士から手紙を受けとった。九条の件は自分にまかせろと書いてあった」

「で」

「よろしくお願いしますと伝えた」

「それでええのか。西本組の若衆に示しがつくのか」

「西本組は鉄板や。鋼の意思で結束してる。それに比べると、本家は脆《もろ》い。世間では一枚岩といわれているが、昔の話や。いまは、鉛弾一発で割れかねん」

美山は眉をひそめた。

五十嵐の頭のなかが読めなくて、神経がささくれかけている。

この五日間、ベッドの上でどんなシナリオを描いていたのか。

五十嵐襲撃の背景に、青田と九条の縁談があるのは間違いなく、加えて、五十嵐と陽道会の吉岡との、幻の縁談もあると確信している。

当然のこと、青田の関与が考えられるわけで、青田を叩く好機ではないのか。

青田の関与を示す証拠はなくても、執行部会で幻の縁談を暴露すれば、青田を除く幹部は全員、自分とおなじ背景を思い描くだろう。

はっとして、それが声になった。

「おまえも……青田さんの関与を確信してるのやな」

「ほかに考えられん」

五十嵐がきっぱり言った。

にわかに熱を帯びた眼光にたじろぎそうになった。

「それなら……」

「言うたやろ。いつでもやれると……相手は九条組にかぎったことやない」

「本気か。本気で青田組と事を構える腹か」

「たしかな証拠と名分……それが揃うたときが戦機や」

美山は空唾をのんだ。

五十嵐の眼光が藤堂のそれにだぶった。

はるか彼方、右手に淡路島が霞んで見える。

空はすっかり秋模様だ。澄んだ空にちらほら真綿色の鯖雲《さばぐも》が浮かんでいる。

病室では窓のそとを眺める余裕がなかった。

五十嵐はどうなのだろう。

ふと思った。

青空に泳ぐ鯖雲や、帯状に伸びる筋雲を眺めて、なにを感じているのか。きらりと射す秋の陽にどう反応しているのだろうか。

「どうなる」

声がして横をむいた。

病院の庭のベンチで中原とならんでいる。

中原は海を見ていた。

「なにが」

「本家や。九条組をやるんか」

「わからん」

「あしたの会議で決まるんやろ」

「どうかな」

中原がなにかを感じとったような表情を見せた。

「青田しだいか」

「ふざけたことをぬかすな。執行部は合議制や」

「けど、青田の意思は無視できん。なにしろ、面子を潰された」

「面子てか」

「そうよ。それも二つの面子や。事実だけを見れば、青田は九条に面子を潰された。青田と九条の縁談の可能性はわずかながら残っていた。それを九条組がぶち壊した。この場合は、西本組以上に青田は戦争を望むやろ。もうひとつの面子……おまえにわかるか」

「もったいつけるな」

美山は声を荒らげた。

腹をさぐられている。

その思いが神経を逆撫でした。

「別口の縁談……五十嵐に聞いてないんか」

「誰の縁談や」

美山はとぼけた。いらだつ神経とは別に、胸がざわめきだした。

中原は焦《じ》らすように煙草をふかしてから口をひらいた。

「真偽のほどはわからんが、五十嵐と陽道会の吉岡会長の縁談話があったらしい」

「あほな」

なんでその話を知ってる。

ほんとうはそう言いたかった。

「俺も信じられんかった。けど、それを俺にささやいたやつは信用できる。うわさや憶測でものを言う男やない」

「三係の者か」

県警捜査四課の三係は、反神俠会系の暴力団を担当している。

「あそこに骨のある男はおらん」

「ネタ元を教えろ」

「元刑事や」

「なんと」

思わず声がはねた。

「長内か」

中原が頷く。

「つまり、長内は姫路にある青田組の本部筋から仕入れたのやな」

「ああ。けど、ウラをとる前に姫路署で粛清人事があって、長内は情報源を失くした」

「その話を五十嵐に……」

「せん。曖昧な状況で話せるネタやない。また勘ぐられて、嫌われるのがオチや」

「ん」

「藤堂の件があるさかい」

「それなら、俺にも喋るな」

「どうも、俺はひとりでかかえるのが苦手なようや。長内が警察を辞めたとき胸に仕舞ったつもりやったが、五十嵐が襲われて、また気になってきた」

「そのネタがほんまとして、背景をどう読む」

「五十嵐が陽道会を相手にするわけがない。西本組は山口で大量の血を流した。当然、吉岡のほうからは接近しにくい。となると、縁談を仕掛けた人物がおることになる」

「青田さんか」

「俺に言わせるな」

「ふん。勝手に喋って……またうちの内紛を煽る気と違うやろな」

中原が眼で笑った。

「なにがおかしい」

「五十嵐にもおなじ台詞を吐かれた。もっとも、別件やが」

「あたりまえや。ついでに言えば、あんたと五十嵐が仲良しになろうと、俺はあんたを許せん。藤堂もおなじやろ」

「藤堂か……どうしてる」

「知らん」

「おまえが迎えに行ったそうやな」

「行くには行ったが、やつは旅にでた」

「どこへ」

「知るか」

「教えてくれ。謝りたいねん」

「いずれ機会がくる。あいつは元の鞘に納まる運命や」

「そうなるよう、早《はよ》う騒動の始末をしてくれ」

中原がまじめな顔で言った。

なるほど。

美山は胸でつぶやいた。

これほど神妙な中原の顔をこれまで見たことがなかった。

「県警の動きはどうや」

「それなりの厳戒態勢は敷いているが、士気はあがってない」

「戦争はないと読んでるのか」

「読むもなにも……やっぱり、安野課長の離脱がおおきい。新任課長が警備の出やさかい、四課の連中は好きなように動き、おかげで情報が錯綜してる」

「めずらしいな」

「俺の愚痴か。それも五十嵐に笑われたわ」

「神侠会の裏事情に精通するあんたもお手あげか」

「ネタをくれ」

中原が手のひらを差しだした。

冗談とも、本気ともとれる仕種だった。

「ない。けど、きょうのお礼に、あしたの会議の中身は教える」

「助かる」

「その前に、あんたのネタや。九条組の動きはどうや。誰かと接触してるのか」

「それがさっぱりわからん。うちの課長は他府県の警察本部とは連携する気がない。どうしても情報が必要なときは必ず上司にお伺いを立てろと……やってられん」

「三係もか」

「あっちは端からやる気がない。七日会に飛び火しないと高を括ってる」

「ところで」

　美山は声音を変えた。

「よけいなことまで、ギイチにささやくな」

「ん」

「川島の話や。ギイチは過敏に反応しすぎるところがある」

「おまえに似てるな」

「やかましい」

「どうや、昼飯でも食わんか」

「あいにく用がある」

「用てなんや。得意の根回しか」

「どつくぞ」

　美山が眼光を飛ばしても、中原はまったく怯まなかった。

「せっかく、川島がらみのネタを教えてやるつもりやったのに」

「動けるようならあした電話する」

「腹空《す》かして待ってるわ」

中原が腰をあげた。

美山はベンチに残った。用があるのはほんとうだが、もうすこし先だ。

陽が高くなっている。

美山は、空にむかって口をまるめ、肺が萎《しぼ》むほど息を吐きだした。

――いつでもやれる……相手は九条組にかぎったことやない――

あのひと言が気になっている。おかげで中原との会話はどこか上の空だった。

五十嵐が青田に差しの勝負を挑めば、間違いなく神俠会は割れる。

主流派どうしの戦争は組織として致命的な結末を招き、巨大な岩は、真っ二つどころか、三つにも四つにも砕ける。

それだけは何としても阻止する。

そうしなければ、これまでの己の存在と意志が跡形もなく崩壊してしまう。

神俠会のてっぺんだからこそ、命を賭してのぼる価値があるのだ。

砕けた岩の上などに魅力はない。

藤堂を復縁させ、あらためて、五十嵐との三人で連携する。

それが難局に立ちむかう最善の選択とは理解しているけれど、時間的にむりがある。

美山は、ふりむき、白い病棟の、最上階の端の窓を見つめた。

おまえ、どうする気や。俺はどうすればええのや。

美山は幾度も幾度も、話しかけた。


七人の男たちが楕円形のテーブルを囲んだ。

神俠会本家の二階、南に面した洋間が執行部の会議室である。

黒地に金の代紋を背にする会長の椅子は不在で、扉から左手の、歴代会長の立ち姿が飾られる壁側には松原宏和、大村正芳《まさよし》、谷口清三郎が、窓を背に青田一成、佐伯則夫《のりお》、矢島剛《つよし》の面々が格の順にならんでいる。

議事進行役の美山は、会長の椅子と向き合う席から壁の時計を見た。

午後二時になる。

「これより会議を始めます。本日の議題は、十二月十日に執り行なう三代目の一周忌法要と、九条組への対応の二つです。はじめに一周忌法要の件ですが……」

「待てや」

谷口がだみ声を発した。

「ねぼけるな。議題はもうひとつあるやろ」

「藤堂の復縁か」

佐伯が応じた。

「そうよ。先月の定例会で藤堂が放免になれば早急に協議すると確認したはずや」

「わかってる。が、今回は緊急かつ重要な事案が二つも……」

「おい」

谷口が声を凄ませ、さえぎった。

ブルドッグのような顔が赤くなった。

美山は、谷口の不機嫌の理由を知っているので口をはさまなかった。

谷口組事務所を訪ね、藤堂は旅にでたと報告したとき、谷口は頭に湯気を立てた。それでも美山を罵倒しなかったのは藤堂の胸中をおもんぱかったからだろう。

どこまでも不憫《ふびん》なやつや。

そのとき、谷口はそうつぶやき、くちびるを噛んだ。

盟友の大村が谷口の肩に手をおいた。

「兄弟、気持ちはわかるが、そう急くな。藤堂の復縁は誰も反対せん。最後に皆の意見を聞いて採決すれば済むことや。のう、代行」

松原が頷くのを見て、大村が言葉をたした。

「それより、俺は議題の順番が気に入らん。神俠会の幹部が命を狙われたのや。そのけじめをつけるのが先やないか。報復せずに法要をやれば笑い者になる」

「そのとおり」

佐伯が即応した。

大村と佐伯は、事件発生直後の緊急会議でも報復攻撃を主張した。その場では、正確な情報の収集が先との意見が多く、九条組への対応策は今回に持ち越されたのだった。

「その件についてやが」

青田が言った。

皆が青田に視線を据える。

青田が大村を見た。

「きのう、先方から詫びが入った。むこうは一刻も早い手打ちを望んでる」

「九条の首を持ってきたんか」

格上への遠慮など欠片もないもの言いだった。

三代目の子飼いとしての自負がそうさせるのだろう。いまの執行部で三代目と直《じか》に盃を交わしたのは松原のほか、主流派筆頭の佐伯、反主流派の大村と谷口の三人である。

「無茶を言うな」

青田の声に棘がまじった。

「無茶やない。西本組二代目やぞ。九条ごときの首でもたりんわ」

「仲裁人の顔がある」

「ん……誰や」

「横浜の誠和会の清水《しみず》会長や。きのうの午後、会長が九条の詫び状を持ってこられた」

「そんな話は聞いてへん。皆はどうや」

大村が声を荒らげ、左右を見た。

「初耳や」

「知らんかった」

不満の声を得て、大村がつかみかからんばかりの形相で青田を睨んだ。

「ひとりで勝手なまねをさらすな」

「ひとりやない。矢島が立ち会うた。それに、きのうは打診にすぎん」

矢島がうつむいた。矢島は兄貴格の佐伯に話していなかったようだ。

美山も視線をおとした。きのうは自分も呼びだされた。

なぜ、青田は自分のことを伏せたのか。

どうして矢島は佐伯に話さなかったのか。

めばえかけた疑念は大村の声にかき消された。

「筋が違う。九条が詫びる相手は五十嵐や。西本組に話をとおしたんか」

「先輩とはいえ、聞き捨てならん」

青田が眼の玉をひん剝き、片肘を張った。

「わいは神俠会の若頭や。誠和会の会長は、この俺としか話さん」

「図に乗るな」

「なんやと」

青田と大村が顔を突きだし、テーブルの中央で眼光がぶつかった。

「待ってくれ」

矢島が声を発した。

「この話は代行も承知や」

「ほんまか」

大村の問いに、松原が頷いた。

「四日前に清水会長から電話があった。三代目とは兄弟分のお方や。むげにことわるわけにもいかん。で、下交渉という形で承諾した。青田との面談は先方の希望やが、こういう騒動になるのを避けるために、矢島と美山を同席させた」

「なんと、美山もか」

「わいやおまえや佐伯が下交渉で面を揃えるのはみっともない。そうやろ」

「うっ」

大村が顔をしかめ、やがて苦笑した。

「それもそうや。で、下交渉の中身は」

「美山っ」

青田が声を張った。

「おまえが報告せえ」

美山は、くちびるを舐めてから顔をあげた。

「九条組の提案は、襲撃実行犯の親である若頭補佐が指を詰めたうえでの絶縁処分と、殺された飯屋の主の供養および西本組への慰謝料で、それぞれ一千万円でした」

「たったの二千万か。田舎極道としては精一杯かもしれんが、肝心の九条はどうする。アタマが無傷では話にならん」

「それより」

佐伯が口をはさんだ。

「なんで五十嵐を狙《ねろ》うた」

「青田組との縁談が進まないことに不満だったと……暗殺を指示した若頭補佐は、神俠会の幹部であれば誰でもよかったと言うてるそうです」

「どあほ。そんな話を真に受けたんか」

美山は、大村の罵声を胆で受け止めた。

「もうひとつ、提案がありました。九条組は代紋を降ろすそうです」

「解散か」

「いいえ。神俠会の傘下へ入り、忠誠を尽くしたいと……」

「いらん」

大村が吐き捨てるように言った。

すかさず、青田が割り込んだ。

「誠和会の会長は、それが最大の詫びになると……代紋を差しだされて拒否すれば神俠会の器量が疑われるとも言われた」

「うるさいわい。そこまでの口出しは内政干渉や」

「そうかもしれんが、俺は受けたほうがええと思う。九条組を傘下に収めれば九州を制圧したも同然や。それは亡き三代目の願望やったさかい、法要に花を添えられる」

「おまえにとっては願ったり叶ったりやのう」

「どういう意味や」

「縁談話の復活やないか」

「今度は兄弟縁と違う。直系若衆の一兵卒としてや」

「たしかやな」

「おう」

「それなら反対せん。関東の親分の顔も立てなあかんし……けど、五十嵐と西本組はおまえが誠意をもって説得せえ」

「わかっとる」

「それくらいにしとけ」

松原が割って入った。

「五十嵐は九条組への対応を執行部に一任した。大事の前や。皆には思惑も不満もあるやろが、三代目の一周忌法要をつつがなくやり遂げるのを一番に考えてくれ」

表情や所作はさまざまながら、全員が頷いた。

美山も頷いたけれど、咽に迫る言葉に当惑した。

五十嵐と陽道会の吉岡との縁談を知るのは、仕掛け人の青田と自分だけだろう。

いまこの場で、その事実を暴露すれば、青田は窮地に追い込まれる。

窮地どころか、若頭の肩書きを剝奪されるかもしれない。

反面、白を切られる恐れもある。

その場合は五十嵐が説明を求められることになる。

それが是か非か。

戦機を得るのか、失うのか。

判断つきかねた。

――俺らが主導権を握れるわけやない。藤堂はまだ復縁してへん――

病室での五十嵐の言葉がよみがえり、ようやく咽に詰まる言葉をのみくだせた。

直後に、松原の声がした。

「先に進め」

美山は背筋を伸ばした。

「九条組の件は細部を調整したうえで日を改めて会議に諮ることにし、一周忌法要の議題に移ります。まずは実行委員長および滝川家の名代をどなたにするか」

「そんなものは決まってる」

間髪を容れず、大村が応じた。

皆が大村を見た。

「法要は会長代行が仕切る。それが筋目や。名代はいらん。姐が健在や」

「姐さんは……」

青田が言い、すこし間を空け言葉をたした。

「代行に名代を務めてほしいそうな」

「なんやと」

大村の声がはねあがった。

青田以外の誰もが顔をひきつらせた。

美山は血の気が失せた。

脇腹を冷たいものが走り、思考が停止しかけた。

かろうじて瞳が動いた。

視線の先で、松原が憮然としている。

よく見ると、頰が痙攣《けいれん》していた。

空気が固まった。

青田も大村も、まばたきひとつしなかった。

むりもない。かつて、闇市があったころ、愚連隊を相手に機関銃を乱射した男がいま、荒ぶる本性をさらしかけているのだ。

一分は過ぎただろうか。

青田がぎこちなく肩をまわした。

わずかに空気がゆれ、大村が口をひらいた。

「ですぎた話や」

「文句は姐さんに言うてくれ」

青田の声は迫力を欠いた。視線はあきらかに松原を避けている。

そのせいか、大村の顔に血の気が戻った。

「おまえが絵を描いたんか」

「冗談言うな。誠和会の会長の前で……清水会長が三代目の墓を参られたとき、同行した姐さんが話をされたのや」

「まさか、おまえが実行委員長をやる気と違うやろな」

「やる気や。先代の法要を現役の若頭が仕切るのはあたりまえやと、姐さんはそうも言われた。清水会長も頷かれた」

「どあほ」

大村の怒声が響き渡る。

「誠和会がなんぼのもんや。九条組との和議は三代目の法要があるさかい容認したが、法要そのものに口をはさむのは我慢ならん。おまえもおまえや。関東者の言いなりになりくさって……それで神俠会の若頭やと胸を張れるんか」

「ぬかすな」

青田が両の手のひらをテーブルに打ち据えた。

大村も負けてはいない。眼を見開いて、唾を飛ばした。

「ええか。他所者に口出しはさせせん。姐かておなじや。ついでに言うが、おまえはわしらが担いだ神輿《みこし》……あんまりのぼせあがると、いまここで引き摺りおろすぞ」

「上等や。やれるもんならやってみい」

青田と大村が腰をうかした。

「待て」

松原が声を発した。

「暫時、休憩する」

「代行」

大村が顔をふった。

「あんたがこけにされてるのや」

「ええから、黙って待っとれ。わいが姐の真意を確かめてくる」

「あかん。無視したらええねん」

「そうもいかん。本家がやる法要とはいえ、姐はれっきとした名代や」

「昔の二の舞になるかもしれん」

「そのときは……今度は腹の括り方を違えん」

「しかし……」

佐伯が声を発したものの、あとが続かなかった。

松原が毅然として立ちあがる。

「美山、事務局長として立ち会え」

「はい」

返答しても、身体はすぐには動かなかった。

車は神戸市役所の花時計の前を通り過ぎ、橋を渡る。

その先はポートアイランドだ。埋立て工事はほぼ完成しているが、工事現場のプレハブ小屋のほかに建築物はなく、更地のあちこちにコスモスが赤や白の花を咲かせていた。

美山は、南端の防波堤の傍らに車を停めた。

トランクを開けて釣竿を手にする。

「おい」

藤堂が声をかけた。

「俺はやったことないぞ」

「糸を垂れるだけや」

美山は布サックを肩にかけて歩きだした。

沈みかけの西陽が眼を射す。汐香をはらむ風はすっかり秋のそれだ。

藤堂が肩をならべた。

刑務所の門前で顔を合わせたときより幾分か表情が和らいできたとはいえ、他者を寄せつけないような雰囲気は残っている。

「そんな顔をしてると、うしろの若者も気がぬけんわ」

「知ってたんか」

「おまえが出所した夜に、怪しい車が停まってると嫁から電話があった。和歌山からつきっきりのようやが、誰やねん」

「宮本修《みやもとおさむ》……俺より先に高木を撃った男や」

「谷口組の居候か」

藤堂が率いた清心会の若衆は谷口組預かりになっている。

「それなら追い払うてる。俺が復縁するまで清心会には戻らんそうな」

「律義な男や」

「面倒かけてすまん」

「なにが」

「女将《おかみ》が修の車に夜食を運んでくれてる」

防波堤の先端に腰をおろした。

意外なほど波しぶきがある。

ちいさめの針に、刻んだゴカイを仕掛ける。黒鯛釣り専用の、細いしなやかな竿だが、黒鯛を狙うわけではないので、撒き餌の用意はしなかった。

藤堂と静かな場所で話したかった。

二人して釣り糸を垂れると、藤堂が口をひらいた。

「きのうの会議は揉めたみたいやな」

「誰かに聞いたのか」

「おまえの顔に書いてある」

「最悪の展開になるかもしれん」

美山はため息まじりに言った。

「九条組の件か」

「そっちはむこうの全面降伏で片がつく」

美山は、会議での九条組の件を話した。

藤堂は背をまるめたまま黙って聞いていた。ときおり神経にふれたのか、表情が変わることもあったが、口をはさまなかった。

「どう思う」

「気に入らん」

「手打ちの条件か」

「そうやない。五十嵐が狙われた理由や。ほんまに、ただの逆怨みか」

「ほかになにがある」

美山はさぐるように藤堂を見た。

きのうからずっと、病院での五十嵐との話を教えるかどうか、思い悩んでいる。

藤堂への仲間意識は強くある。五十嵐の決意がそれを強固にした。五十嵐と藤堂の三人で結束すれば、どんな苦境も突破できそうな気がする。

しかし、それが二人への全面的な信頼には結びつかなかった。

立ち位置が異なるからだ。

見つめる先がおなじであれば、それぞれの立ち位置が異なり、てっぺんへむかう道が違っても連携していけるのか。

そのうえ、三人共に縁やしがらみをかかえている。

とくに藤堂の場合は谷口の存在がある。谷口の意に反しても、三人で結束するのか。

その疑念は己にもあてはまる。

松原と他者を天秤《てんびん》にかけられるのか。

悩みは深まるばかりだ。

浮が見え隠れしてもリールを巻く気になれなかった。

「神侠会はどこへ行く、か」

藤堂が独り言のように言った。

「割れるかもしれん」

美山は小声で言い、三代目の法要に関する議論を話した。

「松原代行は姐と会《お》うたんか」

「ああ。けど、結論はでんかった。五日後に会議を再開し、そこで結論をだす」

「どうなる」

「姐しだいやな。青田さんの強気の背景には姐の発言がある。姐が撤回すれば青田さんは折れるやろうが、肝心の姐が意固地になってる。俺は伯父貴と姐の話し合いに同席したが、姐は誠和会の会長に話したことを簡単にひっくり返せるかと……それに、三代目の法要に関しては意見を言う権利があるとまで言われた」

「あほくさ。女のでる幕か」

「それでも、伯父貴は己の意思を押しつけんと思う」

「十一年前とおなじ展開か」

「大村さんもそう言うて、伯父貴が姐に会うのを反対した。たぶん、説得に失敗したときのことを心配したんやろ」

　十一年前、空席になった若頭の座を巡って、当時の幹部会は紛糾した。

　若頭補佐には西本や松原をはじめ、昭和三十年代に神俠会の勢力拡大に貢献した猛者《もさ》が揃っていた。虚々実々の駆け引きのあと、幹部会は総意として松原を推した。

　それに最後まで抗《あらが》った西本が三代目への談判という挙にでたことで、西本をかわいがっていた三代目は、病床に松原を呼び、姐と二人で因果をふくめたという。

　どんな説得がなされたのか。

　三代目と西本が逝ったいま、その事実を知るのは松原本人と三代目の姐だけである。

　三代目の決断に幹部会は反撥《はんぱつ》できず、松原は舎弟に祀りあげられた。

　松原は神俠会を離脱して盟友らと別組織を立ちあげる腹を固めたといううわさがまことし

やかに流布されたけれど、神俠会は割れなかった。

未練と愚痴を潔しとしない松原に、友定若頭も美山も怒りと悔しさを押し殺した。

「いまも姐との話し合いが続いてるのか」

「皆が姐との接触を試みてるのは確かや。法要を伯父貴が仕切るか、青田さんがやるか。結論は二つにひとつだが、執行部の連中はそれぞれに思惑がある。大村さんと谷口さん、佐伯さんと矢島さんの間にも温度差はある」

「代行は」

「軸はぶれてない。皆の前で、今度は腹の括り方を違えんと言われた」

「つまり、事としだいでは割ってでる気か」

「わからん。が、伯父貴は、法要を仕切ったあとの引退を決意されてる」

「男の退きぎわ……」

「あくまで引退の花道にこだわるのかどうか。今回ばかりは俺にも読めん。ただ、なにより神俠会を一番に考えるお人や。そこに期待するしかない」

「いまの勢力はどうや」

「五分かな。ただし、青田さんと距離をおく穏健派は大村さんらに同調する可能性が高い。そのへんを読めていれば、青田さんが折れるかもしれん」

「逆の展開なら、おまえはどうする」

「割れんように動く」

「どうやって」

「全員を説得する。とくに青田さんになるが」

「神俠会のてっぺん……総理大臣になるよりむずかしい。その機会を摑みかけてる男がそうやすやす退きさがるとは思えん」

「こっちもおなじや。俺らの神俠会を壊すまねはさせせん」

「しくじったら……殺《や》るか」

藤堂の眼が光った。刑務所をでた直後の顔になった。

美山は、しばらくその眼を見つめた。

もちろん、殺る。

覚悟は声にならなかった。

臆しているのではなく、別の方法が胸の片隅で出番を待っている。

風が哭《な》き、足元で波頭が砕けた。

「最悪、松原の伯父貴の引退で幕を引くことも考えてる」

「本気か」

「伯父貴が引退すれば、大村さんらは動けん。反青田の面々が結束し、神俠会を割ってでたときの総大将は伯父貴しかおらん」

「おまえ、自分の育ての親を捨石にするつもりか」

「違う。俺ら三人のためだけでもない。俺は、松原宏和の名を傷つけとうないねん。神俠会の松原宏和でおわらせたい」

「難儀やのう」

「なにが」

「いまどき流行らん。代行ひとりを指してるわけやないが、いいかげんに他人を気遣うのはやめて、己のために生きたらどうや」

「そうしてきたつもりや」

「俺にはそう見えん」

「おまえかて」

「俺は自分の意思で動いてきた。谷口のおやじを慕うのも俺の意思、高木を殺したのも俺の身勝手、つぎもたぶん……自分の意のままに動く」

「俺と五十嵐も無視するんか。友やろ」

「おまえがそう思うてくれてるのなら、なおのこと、俺は好きなようにしたい」

「なにを考えてる」

「さあ」

「谷口さんに会え」

「おやじに俺を縛らせる気か」

「そんなつもりはないが、俺が段取りするさかい二人で話せ」

「いずれな」

気のない返事だった。

美山は、竿のリールを巻いた。

ハゼが釣りあがった。もがきすぎて疲れたのか、棒のように伸びていた。


松原宅には先客がいた。元県警四課の安野寛である。

コットンパンツにセーターの軽装は初めてで、まだ還暦前なのに、県警時代とは別人のように、顔つきからも、胡坐をかく姿からも、好々爺《こうこうや》の雰囲気が漂っている。

美山は首をかしげた。

予告なしに訪ねたのではなかった。訪問の意図は告げなかったけれど、松原はそれをわかっているはずなのに安野と談笑している。

松原が余裕の表情で話しかけた。

「アンちゃんには俺が来てもろうた。見てのとおり、いまは普通のおっさんや。本人の話によれば、すっかり神侠会との縁もしがらみも捨てたらしい」

「それならなおのこと……」

美山が言葉を濁すと、松原はにんまりした。

「おまえの用むきはおおよそ想像がついてる。それを踏まえたうえで、隠居の戯言を聞くのも一興と考えた」

「わかりました」

美山は素直に応じ、松原の正面に座した。

松原が床の間を背にし、安野のうしろには庭が見える。

松原の女房が茶を運んできて、美山の顔を見るなり、くすっと笑った。

「どうされました」

「あんた、二十歳ごろの顔に戻ったわ」

「それ、ええのですか、あかんのですか」

「ええもあかんも……棘だらけで、安野さんと正反対の顔してる」

美山は渋面をこしらえた。

怒ったわけではない。部屋住み時代から、姐ははっきりものを言い、たいていは的を射貫いていた。姐のおかげで成長した部分は多い。

姐が去ったときは迷いが消えていた。

「あさっての会議を四、五日延ばしていただけませんか」

「おまえ、青田に接触してるそうやな」

「まだ一回ですが、感触は悪くありません」

「悪くない……つまり、良くもない」

「否定しませんが、話し合う余地はありそうです」

「むこうは条件をだしてきたのか」

「条件とは」

「たとえば、法要の実行委員長を諦める代わりに四代目をくれとか」

「冗談でしょう」

「わいが青田ならそうする。今回の行事は単なる法要やない。組織の内外に、神俠会四代目の道筋をつける重要な行事や」

「どんな道筋です。伯父貴は法要を仕切ったあと引退すると……」

「実行委員長が四代目の座に就くという意味やない。わいが委員長を務めても同業連中は舎弟のわいを後継者とは思わんが、四代目は未定という既成事実ができる」

「なるほど」

「感心するな。わいは、今回の青田のわがままだけはどうしても許せん。やつが無条件で退く。それしか妥協の道はない」

「青田さんが突っぱねた場合は……」

美山は語尾を沈めた。

青田を潰しますか。

そのひと言は松原の憤怒を煽りそうでこわかった。

美山の胸中を察したのか、松原の眼光が鋭くなった。

「極道者にも護る秩序はある。護るために壊さなあかん秩序もある」

安野が口をひらいた。

「美山、覚えてるか。ここで俺とおまえが鉢合わせしたときのことを」

「ええ。三年前、姐さんの誕生日の前の日でした」

「黄色いチューリップの話を聞かせてもろうた」

美山は思わず眼を細めた。

あれは十八歳のときだった。松原の部屋住みになって初めての姐の誕生日に、一本のチューリップをプレゼントした。

――幸せの色ですから――

顔を赤らめそう言ったときの、姐の笑顔はいまも忘れない。

「あの帰り道に代行の顔の話をしたやろ」

「極道者の険ですね」

「ああ。警察官を辞めて気づいたのやが、俺も代行とおなじ顔をしていたと思う。そのおかげで友だちがおらん」

「それはつまり、険を消した伯父貴と茶飲み友だちになりたいと……」

「そう願うてる。さっき今回の騒動の粗筋を聞いて、俺はおまえに期待したくなった。この頑固おやじは気に入らんかもしれんがな」

「自分は、伯父貴が心おきなく引退されるのを望んでいます」

「わかっとる」

松原が言い放った。

「けど、心おきなくにしても、身の畳み方はひとつやない。なにがあろうと安穏に構えるか、それとも極道者として悔いの残らんようにするか……難儀で、心が痛む」

「十一年前のことが心にひっかかってるのか」

安野が訊いた。

「否定はせん。が、あのときとは状況が違う。当時は、筋目とか理不尽とか、いっぱしの講釈を垂れていたが、すべては己の欲のための反撥やった」

「引退の花道も欲のひとつやろ」

「そうずけずけ言うな」

松原が苦笑した。

「極道者として大トリで見得を切りたいのはわいの本音やが、極道者は見栄を張ってなんぼの稼業と思うていたころとは質が違う。役者が舞台で切る見得と、極道者が張る見栄とでは月とスッポン……どちらのミエをとるか、悩んでる」

安野が納得顔で頷いた。

「わいはいま、ひとりで動く状況にない。仮の話やが、わいが退いても、大村や谷口の怒りはおさまらん。青田とは同門のよしみで遠慮があるとはいえ、てっぺんへの道を閉ざされる佐伯と矢島も、胸のうちはおなじはずや」

「そうかもしれんが、大村と矢島が連携するとは思えん」

「そうよのう。青田おろしでは両方の思惑が合致してるけど、青田が強硬策に打ってでたときはどうなるか……神俠会の代紋が皆の決断の鍵を握りそうな気がする」

「俺にはそのときの風景が見える」

安野がしたり顔で言った。

美山にも見えている。

神侠会が割れるとすれば二つで、そのときの勢力は互角だろう。主流派の佐伯と矢島は青田への憎悪を胸にかかえても神侠会に留まる。対外的に名分が立たないからだ。

しかし、肝心の青田がどうでるかが読めない。

青田が強気でいる背景は霞んでいる。

三代目の姐の言質だけであれほど強気に構えられるものなのかどうか。

疑念と不安が頭のなかをメリーゴーラウンドのように回っている。

安野が松原に話しかけた。

「幹部らはどう動いてる」

「佐伯は青田を説得してる。大村はきのうようやく姐と会えたそうな」

「姐は心変わりしそうか」

松原がゆっくり首を左右にふった。

「あんたは」

「座して待つ。当事者の片割れや」

「そのあんたを説得する者はおらんのか」

「ん」

松原が眉根を寄せた。

美山は息をのんだ。

自分が松原に面談を求めた理由を、安野が察しているように感じたからである。

しばしの静寂のあと、松原が応じた。

「わいの身の処し方は関係ない。青田が折れんかぎり、収拾はつかん。大村や佐伯はまだ山のてっぺんを狙《ねろ》うてる。青田が既成事実をつくってしまえば、あいつらの野望は砕け散る。歳も歳や。青田のつぎの目はない」

「青田とは関係なく、大村らの四代目は叶わぬ夢やろ」

「どうかな」

松原が思わせぶりに言った。

「青田を潰せば、若い五十嵐や美山へのつなぎとして登板の目があるわけか」

「そういうことや」

「読めたわ」

安野が声を弾ませ、手のひらで膝頭を打った。

「五十四歳の青田が引退するときは五十嵐らもええ歳になる。あんたの本音はそこらで、だからなんとしても青田の目を潰しておきたいのやな」

「それも否定せんが、これからの時代はなにがおきるかわからん」

「それがわかってるのなら、ゴミ箱がどうなろうと引退しろ」

松原の顔がほころんだ。

「ひさしぶりに聞いたわ。神侠会は巨大なゴミ箱……アンちゃんの口癖で、そのゴミ箱に愛情を注いでいた」

「勘違いするな。俺はゴミ箱に惚れるほど酔狂やない。めざわりなゴミが気になっていたんや。けど、もう気にならん。鼻をつく臭いはせんし、そもそもゴミらしくない」

「見切ったのか」

「ああ。極道者のあんたを訪ねるのはきょうが最後になる。堅気になったらいつでも飛んできて、うまい酒と料理に呼ばれてやる」

安野が腰をあげた。

「美山をつれて帰れ。その前に、一分だけそとで待ってくれ」

安野が部屋を去った。

美山は落ち着かない気分になりかけた。

「美山よ。ええかげんにあほはやめろ」

「……」

「命令されたわけやないのに指を詰めて……あのときのことを覚えてるか。脂汗を垂らしながら小指を差しだすおまえを嘲《あざけ》る者がおった。ひややかに見下す者もいた。わいは、そいつらをどつき飛ばしたかった」

「済んだことです」

「わいは一生、忘れん。腹が立った。おまえのあほさ加減にな」

「あほに育ててもろうて、感謝してます」

「ぬかすな。これからは、何事も相手の器量を見極めてから行動せぇ」

「他人がどうであれ、自分がどう思われようと、関係ありません」

美山は臍の下に力をこめた。

いましかない。

頭のどこかでけしかける声がし、決意の言葉が咽にせりあがった。

だが、松原がそれに蓋をした。

「会議は十二日に延期する。それが対外的にもぎりぎりや」

「ありがとうございます」

美山は、用意の言葉を謝辞に変え、深々と頭をさげた。

前方にひろがる風景は、三年前とそっくりおなじだった。

西の空は朱鷺《とき》色に染まり、正面の海は藍色を深めつつある。

それでも、心に映る風景はあのときとおおきく異なって、夕焼けは神経を逆撫でし、海の色は不安を増した。

安野と肩をならべ、大倉山の閑静な住宅街の坂道をくだっている。

安野が話しかけた。

「松原に引導を渡しにきたんやろ」

「なんでそう思いますの」

「勘や」

「それで、最後にあんな話をされたのですか」

「まあな。松原のおっさんも気づいてた。で、おまえを追い返した」

「聞く耳を持たんということでしょうか」

「違う。おっさんは、おまえの立場を気遣うてるのや」

「いらんことです」

美山は語気を強めた。己の決意を一ミリでもぶれさせたくなかった。

安野が呆れたように笑った。

「おまえが神俠会とおっさんを思って動けば動くほど、おっさんは身の畳み方で心を痛める。おっさんの頭にあるのは引退……それは間違いない。けど、青田と決裂し、大村らがおっさんを頼れば、おっさんは割って立つ。そういう男や」

「さっきの話で、伯父貴の腹のなかはおおよそわかりました。そやからもう、伯父貴を説得するのは諦めました。あとは、青田さんに折れてもらうしかありません」

「勝算はあるのか」

「攻める道具は幾つか……そのどれかで必ず仕留めます」

「最大の武器は公共工事の利権か」

「………」

美山は口をつぐんだ。

「隠すな。長田区の整備計画の話は中原に聞いた。放火事件の背景も、関西同和協会の川島がおまえの島にちょっかいをだしてることもな」

美山はさらにくちびるを固くした。己の描く絵図を話すつもりはない。

松原を傷つけず、五十嵐との約束を守る。

頭にあるのはそれだけだ。

「むりに話さんでもええが、ひとつ忠告しておく。川島の背後に青田がおると思うてるのなら、とんでもない勘違いや」

「はあ」

「青田のうしろに川島がおる。ええか。青田は三代目のボディガードをやり続けたおかげで若頭の座を掴んだ。おまけに、三代目の姐が青田をかわいがってる。直球しか投げられん男に策を弄せるわけがない。九条組との縁談も、そのあとの展開も、今回の一件にしても、絵図を描いたのはすべて川島や」

「それも中原の情報ですか」

「舐めるな」

安野が語気をとがらせた。

だが、表情は変わらず、現役時代の迫力にはほど遠かった。

ひと呼吸おいて、安野が言葉をたした。

「ごんたくれの青田といえど、極道の枠のなかでしか生きられん。けど、川島は違う。川島は悪巧みとゼニ儲けの天才や。極道者には想像もつかんことを考える。ついでに言うと、やつが関東方面で動くときは必ず、誠和会の会長に挨拶してるそうな」

「興味ありません」

「突っ張るな」

「二人の関係がどうでも、俺の相手は青田ひとりです」

「やっと呼び捨てか」

「なんですの、いったい」

美山は、安野を睨みつけた。

神経の末端までひりひり疼きだしている。

三年前の夏に、安野のおかげで迷路をぬけだせた。松原の提言を素直に受け容れられたのも、安野が道をつくってくれたおかげである。

それでも安野の言い種は神経にふれた。

「青田の狙いは、あきらかに松原潰しや。おっさんさえおらんようになれば、あとはどうにでもなると高を括ってるのや」

わかる気がした。

先の会議での青田の言動はよく覚えている。

重鎮の大村に咬みつき、元は兄貴格の佐伯にも遠慮しなかった。

それなのに、松原には牙を剝くどころか、視線すら合わさなかった。

あのときの青田の態度は、卑劣な行動を連想させた。

五十嵐襲撃が吉岡との縁談を拒否した五十嵐への報復なのは間違いなく、神俠会における五十嵐の存在を煙たがった青田が九条と共謀し、あるいはそそのかし、五十嵐の命を狙ったとも推察できる。

おそらく五十嵐もそう思っているだろう。

だから、病室で物騒な言葉を口にした。

己の地位があやうくなったとき、青田はどう行動するのか。

五十嵐と同様に、松原暗殺に走るとも考えられる。

そうなれば、暗殺の成否にかかわらず、巨大なゴミ箱は木っ端微塵《みじん》になる。

「もうひとつ、教えたる。青田は自分がパクられるのを察してると思う」

「えっ」

「捜査二課は本気や。国税庁と連携し、すでにかなりの物証を握っているそうな。本線は川島やが、ここにきて四課も連動しはじめた」

「パクるとすれば、いつですか」

「これまでの慣例でいえば、三代目の法要のあとかな」

「それまでに四代目への道筋をこしらえておく。それが青田の狙いですか」

「たぶんな。けど、四代目の約束手形を手にしても、パクられたあとが気になる。松原が健在ならなおさらや。とめどない欲は、その裏で不安を煽りたてる」

「その話を伯父貴にされたのですか」

「いや。まずは、おまえの胸のうちを見極めたかった」

「お気遣いに感謝します」

なるほど、そういうことか。

その手もあったか。

美山は胸のうちでつぶやいた。

ひとつの作戦が形になる前に、安野の声がした。

「藤堂やが……おまえはやつの居所を知ってるか」

「いいえ」

不意を衝かれ、声音が弱くなった。それに、すこし返事がおくれた。

「藤堂がどうかしましたか」

「気になることがある」

「なんですの」

「たいしたことやない。おまえらにとってはな」

「家族……」

安野の表情が曇った。躊躇するような顔だった。

美山は黙った。自分から訊くことではないように思えた。

安野が天をあおぎ、やがて、口をひらいた。

「高木が射殺されたとき、目撃者がおった」

「藤堂の姉の娘ですね」

「娘の若葉が藤堂に会いたがってる。二度面会に行って二度ともことわられた」

「どうして」

「藤堂は若葉の父親を殺した。合わせる顔がなかったんやろ。けど藤堂は、涙をうかべて俺に頭をさげた。姉の墓を建ててくれと……そして、若葉をよろしくと」

「その娘はどこに」

「しばらく俺の家で預かっていた。その間に、藤堂の嫁が何度か訪ねてきて、一緒に暮らそうと説得した。嫁は結婚したときから実家に縁を切られたままらしい。どういう事情であれ、若葉を捨ててはおけんかったんやろ」

「いまは」

「藤堂の家におる。若葉は藤堂に会って決断したかったが叶わず、藤堂は嫁との面会も拒んでいたから、嫁が手紙で同居することを伝えたそうな」

聞きながら、美山は幾度も頷いた。

だから、藤堂は自宅に戻らなかったのだ。

おそらくこの先、極道者であり続けるかぎり、自宅の敷居を跨《また》がないだろう。

出所の朝の、藤堂の鬼気迫る形相は、極道者として生きる決意の表れだったのか。

美山は息苦しさを覚えた。夕陽に染まる空が胸を締めつける。

安野がふりむき、タクシーにむかって手をあげた。

「消えるわ」

「送ります」

「いらん。おまえともこれでバイバイや」

安野が車に乗り込む。

「お世話になりました」

「礼を言うのは俺のほうや。おまえらのおかげでたのしい人生をすごせた」

「これからはのんびりと……長生きしてください」

「おまえもな。俺より先に死ぬなよ」

タクシーが走り去ったあとも、美山はその場に立ちつくした。

安野を乗せた車が茜空に吸い込まれたあとに地獄色の風景が残った。


いきなり、抱きつかれた。

ごつごつした両手がつるつるの頭を撫でる。

谷口の顔はくしゃくしゃになった。

藤堂は、ずんぐりとした谷口の肩をかるく押し、頭をさげた。

「ご迷惑をおかけしました」

「ほんまに薄情な息子や」

谷口の声がふるえた。

「おまえと俺の間で何の遠慮がいるねん。俺は、おまえが本家に絶縁されたとしても見捨てはせん。そんなことは絶対にさせんがな」

「ありがとうございます」

谷口が座椅子に胡坐をかいたあと、藤堂は正面に座した。

葺合区の山手にあるホテル神戸に着いたところだ。

午前一時になるというのに、座卓には色とりどりの料理がならんでいる。

それを見て、心遣いを知った。

路上で警護する宮本に声をかけられて表にでると、三人の男に囲まれた。

谷口組の若衆は、仮出所した藤堂が行方をくらましたあと宮本を探しまわり、ようやく見つけて藤堂の住処《すみか》を白状させたという。

——拳銃を突きつけてでも連れて来いと命じられました——

谷口組幹部がひきつった顔でそう言い、お願いしますと腰を折った。

藤堂は応諾した。

——俺が段取りするさかい二人で話せ——

美山の言葉を思いだしたせいもある。

谷口が徳利を差しだし、藤堂は両手で受けた。

「安心した。元気でなによりや。ええ貫禄になった」

「親分もお元気そうで」

「俺はあかん。糖尿がひどうてな。おまけに、最近は血圧がはねあがった」

そう言いながらも、谷口は旨そうに酒をあおった。

「血圧が高いのは本家の揉め事のせいですか」

「美山に聞いたのか」

「はい。どこまで教えてくれたのかわかりませんが」

「心配ならなんで帰ってこん」

「面倒事が増えます」

「なんべんも言わすな。神俠会の全員を敵にまわしても、おまえを護る。おまえは俺の宝や。百人力や。俺の気持ち……わかってるわな」

「ようわかってます。けど、いま自分が表にでるわけにはいきません」

谷口が口元をゆがめた。

表情が豊かなのは昔からだ。ほかの乾分には強面でとおしているが、藤堂の前では感情を隠さない。愚痴をこぼすのは毎度のことで、たまに涙も見せる。

藤堂は、そんなすべてを受け容れてきた。

わずらわしいと思っても一瞬で消せる。そのときどきで意見は言うが、谷口の決断には迷いなく従う。ずっとそうしてきた。

終戦直後の闇市で声をかけられたのが縁の始まりだった。

十四歳の藤堂は、毎日毎日、唐突に姿を消した姉を探し求め、国際マーケットと称する闇市を駆けまわっていた。

ひとりぼっちで、家族の愛情と食物に飢えながら生きていた。

出会ったときに谷口がくれたおでんは忘れられない。つるつるの茹でタマゴは姉の大好物だった。それを食べて、生きる力を授けられた。

藤堂は記憶を胸の底に沈め、箸を手にした。美山の女房が作った夜食をとって間もないけれど、谷口の心遣いを粗末にしたくなかった。

手を休めたところで、谷口が話しかけた。

「三代目の一周忌法要の件は知ってるか」

「はい」

「どえらいことになりそうや。俺と大村で姐を説得してるのやが、頑固でな」

「どうしてそこまで」

「一度口にした手前、あとには退けんのやろ。それに、昔から姐は松原の代行と反りが合わんかった。かつて、代行と西本が若頭の座を争うたときとおなじ状況やな。姐はえこ贔屓《ひいき》の塊で、自分になつく者しか大事にせん。西本が死んだあと、代行は三代目の意見を聞いていたが、姐は代行を煙たがってた」

「……………」

藤堂は応えずに谷口を見つめた。

谷口の頭のなかが気になっている。

「代行が姐に頭をさげれば、なんとかなるかもしれん」

するわけないでしょう。

藤堂は胸中で言った。

わいの男が廃《すた》るわ。

松原の声が聞えてきそうだった。

松原が折れるとすれば神侠会の結束のためという名分しかないが、その場合、姐は松原に法要を仕切らせる見返りとして、青田の四代目襲名の確約を迫るだろう。

松原にはそれが読めているはずである。

美山の声がよみがえった。

――伯父貴が引退すれば、大村さんらは動けん。反青田の面々が結束し、神侠会を割ってでたときの総大将は伯父貴しかおらん――

藤堂もおなじ考えである。

神侠会を割ってでたときのまとめ役は松原しか考えられない。主流派と反主流派は互角の勢力とはいえ、結束力では主流派が勝る。反主流派が穏健派と称する連中を味方につけようと思えば、なおさら松原が必要になる。

とはいえ、この場でそれを口にすれば、谷口は激怒する。

極道者が格の違いを認めれば負け犬で、以降は風下に立たされるからだ。

藤堂は胸中を隠して口をひらいた。

「代行はどうされていますの」

「それが、ようわからんのや。青田の後見人としてしゃしゃりでた誠和会の理事長と交渉してる気配もあるし、覚悟を決めて事態の推移を見守っているようにも思う」

「覚悟のほどは」

「それもわからん。代行はなかなか腹のなかを見せてくれん」

「青田さんを説得する者はいないのですか」

「佐伯がしゃかりきになってる。けど、青田は聞く耳を持たんそうな」

「お話を聞くかぎり、多勢に無勢……青田さんでも無茶はとおせないでしょう」

「あのどあほに、とおす道理などない。姐と誠和会を後ろ盾に押しきる腹や。皆に反対されようと、同門の佐伯と矢島は敵にまわらんと高を括ってる」

「美山も動いてるようですが」

「あてにならん」

谷口が吐き捨てるように言った。

「あいつは信用できん。五十嵐をふくむ三人の友情に水をさす気はないし、三年前のおまえらの結束も理解したつもりや。が、いまはあのときとは状況が異なる。美山は寝返るかもしれん。代行の温情を一身に受けながら、高木に擦り寄った男や」

「その心配はないと思います」

「言いきれるのか」

「はい。いまの美山の代行への忠義心はほんものです」

「そうとしても、おまえほどやない。おまえの爪の垢にもたりんわ」

藤堂は黙った。

どう美山を擁護しても、谷口の不信感と嫌悪感は拭えないだろう。

幹部連中の大半は、美山に対し、谷口に似た感情を抱いていると思う。

藤堂は、また料理を食べだした。

そのあいだ、額のあたりに谷口の視線を感じていた。

やがて、堪えきれなくなって顔をあげた。

「親分」

「ん」

「自分はどうすればいいのですか」

谷口の眼光が増した。

藤堂は、光のなかに幾つもの思惑を感じた。

「力になってほしいことは山ほどあるが、いまのおまえにむりはさせられん。そこでや……美山の動きを報告せえ。それと、代行の腹の据わり具合を訊きだせ」

「スパイをしろと……」

「神俠会を護るためや。今回の騒動がまるく収まるにせよ、波乱がおきるにせよ、鍵を握るのは代行や。代行がどう動くか……それで展開が決まる」

「親分は、神俠会が割れるのも視野に入れてるのですか」

「覚悟はできとる」

美山の言うとおりだ。

藤堂は思った。

松原の意思ひとつなのだ。大村と谷口ら反主流派の面々は、松原の引退を感じとり、それが現実になることを恐れている。

青田を除く主流派の連中もおなじ思いかもしれない。

「俺の頼み、聞いてくれるな」

打診ではなく、命令そのものの口ぶりだった。

藤堂は、車の助手席に乗るや、ふうっと息をついた。

運転席の宮本が神妙な顔をむける。

「すみませんでした」

「気にするな」

「花隈に戻りますか」

「自宅に行け」

「帰られるのですか」

「黙って走らせろ」

「はい」

十分ほどで車は自宅の前に停まった。

藤堂は動かずに、ウインドーを開け、じっと門扉を見つめた。

家に灯はなかった。それでも、家族のにおいは感じた。

かるく眼をつむる。

娘たちの顔がうかんだ。

もうひとり、姐の娘の若葉もいた。

泣き叫ぶ顔だった。

笑顔の若葉に会いたい。

刑務所で、幾度もそう思った。

「自分が」

遠慮ぎみの声がした。

「やめとけ。端から会う気はない」

「けど」

「だせ」

「どちらへ」

「海岸通り」

「それって……おやっさんが生まれた、あそこですか」

第五章　それぞれの決意

「あのどあほ、なにさらす気や」

五十嵐が感情を剝きだした。

動けないもどかしさもあるのだろう。

先日の執行部会で九条組との和議が承認されたのを知ってか、警察は警戒を緩め、面会も自由になったとはいえ、五十嵐の退院はまだ先になる。

「藤堂を監視してなかったんか」

「ああ。おまえは友を見張るのか」

「いまの状況ならやる。あいつは谷口命の男や。じっとしておれんかったんやろ」

「違うな」

美山はきっぱり言った。

女房の店の板前から自宅に電話があったのは二時間前のことだ。

藤堂が部屋におらず、荷物もなくなっている。

その報告を女房から伝え聞き、店に駆けつけた。

――女将へ

お世話になりました――

テーブルの上にそう書かれた便箋があった。

居所が知れて、谷口に呼ばれたか。

美山はそう直感した。

己の意志で動くのであれば、自分への伝言も残したはずである。

しかし、谷口組を訪ねるのは思い留まった。

破門の身の藤堂が組事務所に居られるわけがなく、谷口に藤堂の行方を訊ねても、とぼけられるどころか、藤堂を匿った行動を咎められる。

むだな時間を費やしているひまなどない。

美山は、短い思慮の末に、病院へむかったのだった。

「兄弟は、谷口さんに呼びだされたと思うてるのか」

「ああ」

「谷口さんが藤堂に青田暗殺を命じたと」

「そこまでは……けど、心配してる。谷口さんが神俠会の危機的状況を話し、愚痴をこぼせば、藤堂は自分がなにをするべきかを考える」

「俺たちは無視か」

五十嵐の声から力が失せた。藤堂の気質を熟知しているのだ。

「やつのことや。覚悟を決めたら早いぞ」

五十嵐が上半身を起こし、ベッドからでようとする。

美山は、あわててそれを制した。

「なにする気や」

「青田さんに会う」

「あの件を持ちだす気か」

「ほかに方法はない」

「やめておけ」

「藤堂を刑務所に戻らせるわけにはいかん」

美山は、なだめるように首をふった。

「俺が止める」

「藤堂を見つけるあてがあるのか」

「ない」

「それなら……」

「とにかく、おまえは動くな」

五十嵐の眼がしだいにおおきくなった。

「まさか、兄弟が先に……」

「そんなあほなまねはせん」

美山は強い口調でさえぎり、すこし間を空けて言葉をたした。

「おまえが青田さんに談判してもむだやと思う。じつを言うと、俺は先日の会議でおまえの縁談話をばらしかけたけど、できんかった。青田さんが白を切りとおし、突っぱねられるのがこわかった。あの人を押さえ込むには確かな証拠が要る」

「俺は当事者や」

「通用せん。寝言をぬかすなと言われるのがオチや」

「……」

五十嵐が顔をゆがめ、歯軋《はぎし》りした。

「俺にまかせろ。必ず何とかする。八方まるく収まらんとは思うが」

五十嵐が右の拳を左の手のひらに擦りつけた。

「好きにさらせ。ただし、あさっての夕方までや」

「会議の前日か」

「おう」

「俺が調停にしくじれば、直談判か、会議で洗いざらいぶちまけるか」

「どっちもせん。おまえの話を聞いて気が変わった」

「どう」

「遠回りはやめる」

今度は美山が眼を剝いた。

「九条を……殺《や》るのか」

「そうよ。いつでも殺れる。暗殺隊が九条を監視してる」

「なんと……いつから……」

「撃たれた翌日や。弁護士にメモ書きを渡した」

「松原の伯父貴に一任したやないか」

「あれは翌日のことやが、代行への返事にうそはなかった。そやから、待機や」

「なんで執行部が和議を承認したあとも待機させたのや」

五十嵐の瞳がゆれた。

生気が消えた。
そんな感じの眼の光だった。
「殺された飯屋の主人……」
「関係ない」
五十嵐が語気を荒らげた。
美山は口をつぐんだ。
五十嵐の心の闇がゆれているように感じた。
極道者なら誰しも他人にふれられたくない疵があってあたりまえである。
なにもなくて極道社会に飛び込むのは天然の阿呆者か、世間からの逃避者だ。
背がまるくなりかけたとき、五十嵐が口をひらいた。
「兄《あん》ちゃん……あいつにはガキのころからそう呼ばれてた」
幼なじみだったのか。
その問いは声にならなかった。
群馬県の生まれで、十六歳のとき神戸に流れ着き、西本と出会った。
五十嵐に聞いた過去はその程度である。
もっとも、五十嵐の出自や経歴を知りたいとは思わなかった。

「黴や」

「かび……」

「そやさかい、兄弟には関係ない。神侠会とも関係ない」

五十嵐の眼に力が戻りかけている。

やれ。そいつの仇をとったれ。

そう言いたくても、やはり声にならなかった。

「兄弟」

「ん」

「いまの話は忘れてくれ」

「ああ。もう忘れた」

五十嵐が薄く笑った。

「暗殺隊を残したのは万が一のためや。和議に文句はないが、法要は納得いかん」

「九条組と法要は別の話や」

「つながってる。九条を殺れば、仲裁役の面子を潰された誠和会は手を引く」

「そこまで考えてるのか」

「最後の手段のつもりやったが、時機を早める。藤堂を死なせるわけにはいかん。刑務所もあかん。兄弟と藤堂の三人で、てっぺんを獲る。誰にも邪魔はさせん」

「けど、今回の藤堂の件や、おまえと吉岡との縁談を知らん連中は、おまえを非難する。執行部の総意に背くことになるぞ」

「命を狙われたのは俺や。非難されようと、男としての筋はとおる」

「三代目の法要にも影響がでる」

「知ったことか」

「おまえ……」

松原の伯父貴の顔に泥を塗る気か。

続く言葉はかろうじてのみくだした。

訊かなくても返事はわかりきっている。

五十嵐の覚悟のほどはいやというほど見せつけられた。

返事を聞けば、自分はまた思慮の泥沼に嵌まるだろう。

三人のそれぞれの決意の先はおなじか。

ふと、そんなふうに思った。

藤堂はめまいに襲われた。

眼前の女の顔が、記憶の二つのそれにかさなった。

終戦直後の姉と、三年前の姪の顔である。

予期せぬ出来事に声を忘れた。

そもそも、どうして姪の若葉が訪ねてきたのか。

十年ほど前、生田区の海岸通にあった生家の長屋が壊されてアパートが建つと知ったとき、藤堂はそのアパートの一室を借り、表札をかけた。

行方知れずの姉がひょっこり帰ってくるかもしれない。

かすむ虹のような期待がそうさせた。

以来、ときたま部屋を訪ね、殺人罪で逮捕されたのちは、弁護士に管理を託した。

そのことを知るのは宮本ひとりで、谷口にも家族にも教えなかった。

だからなおのこと、玄関に立つ若葉を見たとたん狼狽してしまった。

赤いくちびるが動いた。

「あがってもいいですか」

「ああ」

六畳と四畳半のどちらにも先日まではなにもなかった。花隈の小料理屋から移り住むとき小型テレビと冷蔵庫、座卓と二組の布団を買った。

藤堂は、座卓をはさんで若葉と向き合った。

「自分はそとにいます」

茶を運んできた宮本が部屋を去った。

若葉が顔を近づける。

「どうして自宅に帰らないのですか」

怒っているようなもの言いだった。

藤堂は無言で煙草を喫いつけた。

「刑務所をでて一週間になるそうですね。それなのに、奥さんに電話の一本もよこさないなんて……ひどいと思います」

「文句を言いに来たのか」

「えっ」

「ここを誰に教わった」

「奥さんです」

「うそをつくな。あいつは知らん」

「奥さんも言いました。自分が知らないと思っているだろうって」

「なんで知ってる」

ほんのわずか、若葉の表情が弛んだ。

そんな気がしたのかもしれない。

「ここは叔父さんが生まれた場所ですよね」

「ああ」

「結婚する前、叔母さんを連れてきたことがあるそうですね」

奥さんから叔母さんに変わって、声音がやわらかくなった。

「一度だけな」

「でも、叔母さんは何度もここを訪ねたそうです。長屋がとり壊しになったときは叔父さんに話すかどうか迷ったらしくて、叱られると思って黙っていたら、跡地にアパートが建ち、藤堂の表札がかかったと……わたし、その話を聞いたとき、叔母さんたちと一緒に暮らすと決めました。あなたがどんなにわたしの母を……あなたの姉を慕い続けていたのかを知って、あなたが父を殺したことを許そうと思いました」

「その話をいつ聞いた」

「安野という刑事さんがむりやりわたしを自分の家に住まわせたあと、叔母さんが何度も訪ねてこられて……何度目だったか、わたしをここへ連れてきたの。あたらしく建てられた藤堂家の墓地にも案内されて……そのときに教えてもらいました」

話を聞きながら、藤堂は若葉の黒い瞳を見つめていた。

眼に力がある。生きている。

そう感じ、安堵が声になった。

「すまなかった」

「もういいのです」

若葉がさえぎるように言った。

「そんなことより、すぐにでも家に帰ってください。叔母さんはなにも言わないけど、娘さんたちがおとうさんに会いたいって……下の子は顔も見てないのでしょう」

いきなり、食卓の光景がうかんだ。

めったに家では夕食を摂らなかったが、高木を殺す前日は家族で食卓を囲んだ。

そのとき、女房は腹に子を宿していた。

刑務所で三人目の娘の写真を見た。

安野が誕生百日の祝いに立ち会ったときのものだった。

「あいつらをかわいがってくれてるか」

「あたりまえやない。従姉妹《いとこ》やもん。わたしと血のつながった人たちなのよ」

若葉の声に熱がこもって関西弁になった。

そんなことでも藤堂はうれしかった。

自分は極道者として生きる。

十四歳でひとりぼっちになり、闇市で声をかけられた谷口の乾分になったあとは、ほかの選択肢など考えたこともなかったのに、高木を殺し、刑務所で暮らし始めると、自分は極道者として生きていけるのか、死ねるのか、そんなことを考えるようになった。

自分なりの結論を得たのは収監されて一年あまりが経ったころである。

高木を殺害した数日後に安野と面談し、極道者として生きることを口にしたのだが、それで胆が据わったわけではなかった。

女房と娘たち、それに姪の若葉が気になった。とりわけ、若葉のことで悩んだ。

高木に血縁者はいないと聞いた。それが事実なら、若葉は終戦直後の自分とおなじ環境におかれてしまう。そのうえ、父が極道者で、その父は義弟の極道者に殺されたという事実を背負うはめになった。

若葉を女房に託し、自分は家族と距離をおく。

必要なら縁を切る。

そう覚悟したのは、安野から、若葉が女房らと暮らしだしたと聞いたあとだった。

刑務所に届いた女房の手紙は一通も読んでいない。

いつの日か、自分が死を意識し、心の弛む瞬間があれば、女房の手紙を読み、思いを込めて返信しようと決めている。

「わたしがいるから帰らないのですか」

若葉の声がとがった。

藤堂は顔をふった。

そんなわけないやろ。

そう言えなかった。

「それならどうして……」

「やることがある」

「叔母さんがいつも言っています。あの人は極道者でしか生きられないと……わたしは間違ってると思う。学歴がなくても、人殺しでも、その気になれば何でもできます。叔父さんは自分の姉を慕い続けていた。おなじように家族を大切に思っているのなら、その家族のために何でもできるはずです」

「家族は関係ない。俺は十四で極道者になった。幸か不幸か、ええのか悪いのかはわからんけど、おかげで白い米を食えて、ぬくい布団で寝られた。それから結婚するまで、結婚したあとも、義理の親や身内と苦楽を共にしてきた」

「その人たちと家族……」

若葉が声を切った。

にわかに、瞳が悲しみの色に染まった。

父親を思いだしたのか。

藤堂は間を空けなかった。

「俺は、縁とかしがらみを身体に絡ませ生きてきた。三年前のあのとき、蔦を断ち切ったつもりだったが、しばらくして、蔦がさらに強く絡みついたのに気づいた」

若葉の肩がおちた。

「おまえがここへ来たのを嫁は知ってるのか」

「叔母さんに相談したけど、止められました。あそこに居ても、会わないだろうって」

「そうか」

女房の予想どおりに追い返せばよかったのかもしれない。

そう思った瞬間、皮肉なことに、己の決意のほどを確認できた。

会えてよかったのだ。

急速にその思いが胸裡にひろがった。

藤堂は立ちあがって、玄関を開けた。

「自宅まで送ってやれ」

「はい」

宮本の声が返ってきたときは若葉がうしろに立っていた。

細い指が背にふれた。

身体が固まった。

手はすぐに離れた。

あと二、三秒そのままだったら、ふりむく勇気が湧いたかもしれない。

ふりむきざま、姉の忘れ形見をきつく抱きしめたに違いなかった。

ひさしぶりに見る妹の顔はひどくやつれていた。

それが仕事疲れによるものとは思えなかった。

妹の佳美が村上の自宅を訪ねてきたのはきょうが初めてである。

佳美はたまに電話をよこすのだが、母の病気に関する話がほとんどで、店や自分のことは口にせず、ましてや、愚痴や弱音は一度も言わなかった。

午後十時を過ぎているので、仕事をおえてから来たのだろう。

村上は、佳美がソファに座るなり声をかけた。

「なにかあったのか」

「お兄ちゃんのほうこそ、なにもないの」

「ん」

「どこかと揉めているとか」

「極道者に面倒はつきもんや」

「いまも……」

佳美が語尾を沈めた。やつれ顔に不安の色がまじった。

「なにが言いたいねん」

声がとがった。

佳美は芯が強く、心根はやさしい。いつも周囲に気を遣って生きている。

実の兄にまで気を遣ってどうする。

そう怒鳴りたくなった。

「そんな乱暴に言わんかて」

茶を運んできた女房の朋子が口をはさんだ。

「おまえは黙っとれ」

朋子が聞えぬそぶりで、佳美のとなりに腰をおろした。

「なにがあったの。うちの人が関係してるの」

佳美が眉をさげ、ややあって口をひらいた。

「お店に人相の悪い人たちがくるの」

「なんやて」

村上は眦《まなじり》をつりあげた。あっというまに血が滾りだした。

「どこの者や」

「そんなこと……ヤクザかどうかもわからへんけど、朝から晩まで入れ替わり立ち替わりにやって来て……」

「そいつらが難癖をつけるんか」

佳美が首をふった。

「パーマをあてたり、ブローをしたり……だから、ことわれないの」

「いつから」

「きょうで三日連続よ。さすがにおかあさんが怒って一一〇番したんだけど、おまわりさんは簡単な訊問《じんもん》をしただけで追い払《はろ》うてくれんかった。おかあさんが文句を言ったら、営業妨害をしているわけではないからこれ以上はむりやて……」

「そんな、あほな」

朋子が声を発した。

「りっぱな営業妨害よ。そんな男たちがいれば、お客さんがこわがるやない」

「お店の子もこわがって……ひとりが辞めたいって言いだしたの」

「あした、俺が行く」

「だめ」

佳美が声を張った。

「お店で騒動をおこせば、お客さんは誰も来てくれんようになる」

「おまえはなにしに来たんや。俺にそいつらを退治してほしいのやろ」

「そんなことは頼まへん。調べてほしいんよ」

「なにを」

「いやがらせにしても、なにか原因があるでしょう」

「その原因が、俺か」

「怒らんといて。お兄ちゃんなら、あの人たちの素性がわかるかなと思って……どんな人たちで、いやがらせの理由がわかれば、うちが何とかする」

「おまえの手に負えるか。俺がこっそり片をつけたる」

「お願い。言うことを聞いて……こじれるとおかあさんの身体にさわるさかい」

「そうか。おふくろは俺のせいやと思うてるのやな」

佳美が押し黙った。

図星のようだ。

佳美はうそをつけない気質なのですぐ顔にでる。

「ええやろ。きっちり調べて、あしたかあさってに連絡する」

「うん」

「けど、おふくろの読みどおりなら、俺が始末する。おまえにも店にも迷惑がかからんようにやる。ええな」

「わかった。でも、無茶はせんといてね。おかあさんにこれ以上の心配をかけられへん」

「具合はどうなんや」

「糖尿病はインシュリンでごまかしているけど、血圧のほうが安定しないの。お医者さんには、精神的な安静が一番だって言われてる」

「ねえ」

朋子が割り込んだ。

「なんや」

「わたしがお店の手伝いに行こうかな」

「そうせえ」

村上は即座に返した。

「だめよ」

佳美が声をあげた。

「だって、健ちゃんはちいさいし、若い衆の世話もあるでしょう」

「平気よ。この人はわたしが事務所に顔をだすのを嫌うし、健一は見てもらえる」

「孝太の嫁か」

村上の問いに、朋子が頷いた。

「健一を孝太の家に預けてからお店に行く。どう」

「よし。稔に運転させる」

「決まりやね」

朋子が声を弾ませた。

「でも……」

言いよどむ佳美の肩に、朋子の手が載った。

「好きにさせて。ほんとうは開店のときから手伝いたかったんよ」

「ありがとう」

今夜初めて、佳美の顔がほころんだ。

佳美の笑顔を見るのはいつ以来か。

そう思った瞬間に記憶が遡った。

縁日の光景がうかんだ。

夜店がならぶ参道をガキの村上が大手をふって歩いている。

前を行く佳美がふりむいた。

綿菓子が頬につき、きゃっと声をあげた。

まぶしいほどの笑顔だった。

佳美が五、六歳のころか。あのあと、俺はぐれてしまったのか。

そう思う間もなく、記憶の映像はゆがむようにしてぼやけた。


フロアの中央にジュークボックスが退屈そうに在る。

代わりに有線放送の洋曲が流れている。

客はあいかわらず若者ばかりだが、彼らはテーブル席で会話をたのしんでいる。

かつて、この店の若者たちはジュークボックスの前でステップを踏んでいた。

服装も変わった。ズボンの裾をひろげたパンタロンは消え、アイビールックもすくなくなり、客の大半はポロシャツかボタンダウンのシャツにジーンズという身なりだ。

村上は、三年余か月を十年にも二十年にも感じた。

昭和四十八年の夏、村上はこの喫茶店で、ひとつの決意をした。

親の松原を敵視し、挑発を続ける高木組組長を殺す。

苦悩の末の、決断だった。

兄と慕う美山が高木と連携していたことが決断をためらわせた。

高木が死ねば、自分と美山の仲も、美山と松原の関係も元に戻る。

そう思い込むまでかなりの時間を要した。

だが、決意は実行できなかった。

高木が遊ぶゴルフ場へむかう途中、実家のある番町に立ち寄ったせいだった。

永の無沙汰になるか、二度と会えぬ地獄に堕ちるか。

いずれに転ぼうとも実家の風景を瞼に焼きつけておこうと思ったのだが、母と妹にさらなる心配をかけるはめに陥った。

実家の前で暗殺者に襲われ、銃撃戦の末に負傷し、銃刀法違反で逮捕された。

裁判のさなかに、神侠会執行部の強い意向で和議が成立したのだが、だからといって、村上は高木への憎悪の炎を消さなかった。

しかし、その高木は死んだ。

謀略のかぎりを尽くした高木は、谷口組若頭の藤堂に射殺された。

村上が服役中のことである。

高木が消えても、神俠会に安穏な日々は訪れない。

当然といえば当然である。

幹部の誰もが神俠会のてっぺんを狙っている。

最も近い位置にいる青田若頭も、古参の大村も佐伯も、若手双頭の五十嵐も美山も、おなじてっぺんをめざしているのだ。

自分がめざすのは、神俠会のてっぺんではなく、己のてっぺんである。

己を制覇できなければ、他人を制覇できるわけがない。己の山がどれほどのものかわからないけれど、その山に挑まなければ、彼方の山にのぼれるはずがない。

そのことに気づいたのはこの数か月のことである。

東門のナイトサロン薔薇で、美山と五十嵐のやりとりを聞き、二人の表情を見ているうちに身体が芯まで痺れた。

和歌山刑務所から神戸に帰る車中での、美山と藤堂の会話の端々に極道者の胆のようなものを感じとった。

美山も五十嵐も藤堂も、己の存在を賭《と》してひたむきにのぼろうとしている。

そう思った。

おまえはなにをやっているのだ。

ときおり、美山の叱咤が聞える。

松原に、美山に、ただあまえて生きているのではないか。

自嘲の声が鼓膜に響くときもある。

「わかったで」

声が聞えたときはすでに、県警の中原が正面に腰をおろしていた。

「辛気臭い顔をするな」

「生まれつきや」

「おまえにも、ええところがあるんやな」

「はあ」

「妹思いとは知らんかった」

「ふん」

中原は煮ても焼いても食えない男だが、頼りにはなる。

それに縁がある。

たまに県警本部に電話をかけても中原がでるのはまれで、同僚に伝言しても翌日に連絡があればましなほうだが、村上が緊急を要するときはすぐに捕まえられる。

きのうもそうだった。妹と話しているとき、中原が事務所に顔を見せたのだった。

「素性が知れたか」

「ああ。高木組の下っ端や」

村上は頷いた。

「おどろかんのか」

「読みどうりや」

「番町の区画整備の件で、高木組と揉めてるのか」

「面倒はない。けど、死んだ高木さんはあそこの生まれや。おなじ長田区を島にする高木組がちょっかいだしてもおどろかん」

「ほかは思いつかんかったのか」

「どういう意味や。いま、高木組て言うたやないか」

「すこしは頭を使え」

「なんやと」

村上は顎を突きだした。

中原はすまし顔を崩さない。

「あそこが妹の店と知ってるのは誰や」

「おらん」

「美山も知らんのか」

「兄貴は別や。けど、ほかは知らん。うちのおやっさんにも言うてない」

「よう考えろ」

中原が突き放すように言い、コーヒーを飲んだ。

村上はいらだちを我慢した。

「はっきり言うてくれ」

「あの店の開店資金はどう工面した」

「あっ」

「やっとわかったか。関西同和協会の川島……やつの指図や」

「ほんまの話やろな」

「連中の口を割らせた。ただし、高木組の本体は関わってない」

「確かなのか」

「ああ。高木組の二代目は川島の世話になってるそうで、川島は高木組をとり込もうとしたようやが、高木組はそれに乗らんかった。先代の悪行が祟って、高木組は神俠会で冷飯を食わされてるやろ。そんな時期に松原組と美山組を敵にまわせば碌《ろく》なことにならんと……まあ、そう考えたみたいや」

「それなのに下っ端が動いたのか」

「二代目はそうでも、高木組のなかにはいまも先代を慕う者がおる。そのひとりが、いやがらせ目的で川島の依頼を受けた。それが真相や」

「あの腐れ外道が」

村上は悪態をついた。

中原が面白そうに笑う。

「俺が威しをかけたさかい、高木組のカスどもはもう手を引くやろ。けど、川島の魂胆が気になる。おまえはどう思う」

「俺の弱みにつけ入って、利権に食いつく算段やろ」

「それはない。おまえは美山の下請にすぎん」

「それでも美山の兄貴なら俺のことを心配する」

「そこや」

「はあ」

「今回のいやがらせは、整備計画の利権と関係ないような気がする」

「ほかになにがある」

「本家の執行部会が開かれたのは五日前……その翌日からいやがらせが始まった」

「それがどうした」

「川島は美山をひっぱりだそうとしてるのやないか」

「つまり、俺が兄貴に相談すると読んだわけか」

「たぶんな。遅かれ早かれ、誰がいやがらせを企んだのかわかる。川島の仕業と知れれば、おまえは美山に相談し、美山は川島に咬みつく……そういう展開や」

「咬みつかれるためにやるあほはおらん」

村上は乱暴に言った。

中原がなにを言いたいのか理解できないもどかしさがある。

「おまえは肝心なことを忘れてる」

「なんやねん」

「川島のうしろに……いや、青田のうしろに川島がおる」

「おっ」

村上は奇声を発し、眼をまるくした。

中原が頷いた。

「川島は、なんとしても美山に会いたいんや」

「それは……」

村上は語尾を沈めた。

有馬温泉での五十嵐とのやりとりがうかんだせいだ。

川島が番町に建設予定の憩の館の件で美山に協力を求めたと話したあとのことだ。

——ことわられるのを承知のうえの行動かもしれん——

——一応の筋をとおすための芝居だったと……——

——兄弟はどう思うてるのや——

——わかりませんが、もう会う気はないと言うてました——

あのあとも川島は美山との接触を試みたのだろうか。

「ぷんぷんにおうな」

中原が独り言のように言い、煙草をふかした。

村上は気が急いた。

「川島の魂胆は何や」

「美山をとり込もうとしてるのやろ」

「したかて、兄貴は蹴る。しのぎでは絶対に川島と手を組まん」

「しのぎやない。神侠会の人事や」

「えっ」

村上はのけ反りそうになった。

「まさか、青田さんとの連携を……」

言葉が続かなかった。

想像できぬわけではないが、恐ろしすぎた。

「整備計画の利権に加えて……本家若頭の座……」

「うるさい。聞きとうない」

村上は声を荒らげた。

いまの美山は松原に忠義を立てている。

五十嵐と藤堂との連携に前むきとも聞いている。

そんな美山が青田と手を組むはずがない。

そう思っても、中原の言葉に激しく動揺する自分がいる。

「もしもの話やが……」

中原の声がして、逸れていた視線を戻した。

「美山が青田についたとしたら、おまえはどうする」

「ありえん話をするな」

「ありえんと言いきれるのか」

「もちろんや。兄貴は、神俠会の和と、うちのおやっさんの立場しか頭にない」

「松原代行は美山若頭の誕生を願《ねご》うてる」

「でたらめを言うな」

「安野さんの話や。でたらめとは思えん。そこでや……」

中原が煙草を灰皿に潰し、身を乗りだした。

「青田が美山に次期若頭の約束手形を切ったとして……代行はどう動くと思う」

「……」

村上は、思いもよらぬ問いに空唾をのんだ。

美山は絶対に与《くみ》しない。

そう思う心の片隅に一抹の不安が潜んでいる。

美山は、自分が極道者になったとき、てっぺんめざして突っ走れ、と叱咤した。

日本海の船上で、身のほどを知れとも言われた。

兄貴のてっぺんはどこですの。

村上は、胸中でささやきかけた。

黒い漆塗りの膳の真ん中に白い盃がある。

そのむこうの座椅子が主を待っている。

村上は、盃を睨むように見つめた。

庭に咲き乱れるコスモスも、床の間の大輪の白菊も心を鎮めてはくれなかった。

――すぐに来い――

中原と別れて事務所に戻ってほどなく松原から電話でそう言われた。

襖が開いた。

松原が胡坐をかき、大島紬の袂に両腕を差した。

「この盃を割るか、残すか……この場で返答せえ」

「こうされる理由を教えてください」

「もうじき、神俠会の松原宏和は消える」

「引退されるということですか」

「あさっての会議で、わいが三代目の一周忌法要の実行委員長を務めることになれば、とどこおりなく仕切ったあと、松原組を解散する」

「……」

声がでなかった。

解散のひと言におどろいたわけではない。

――松原組は一代かぎりや――

その言葉は以前に聞いている。解散後は、友定若頭が自立し、組織を引き継ぐのも松原の意志によって既成路線とみなされている。

松原が話を続けた。

「けど、盃の件はそのときのおまえの意思を聞くためやない。わいが法要を仕切らんかった場合を想定してのことや」

「神俠会を割ってでられるのですか」

「いまは何とも言えん。はっきりしてるのは、極道者の意地というのは難儀で厄介で、簡単に捨てるわけにはいかんということや」

村上は背筋を伸ばした。

「この盃、そのままでお願いします」

松原の眼光が、翻意を促すかのように増した。

村上はそれに反撥した。

「松原組があるかぎり、盃を割らないでください」

「それで、ええのか」

「はい」

「おまえの将来について、美山と話したことはあるか」

「ないです。五十嵐の伯父貴には、おやっさんが引退したあとはどうするのやと訊かれましたが、兄貴はおやっさんの引退の話すらしたことがありません」

「今回の騒動を、どこまで知ってる」

「うわさ程度です。ついさっきも、県警の中原から聞きました」

「美山は話さんのか」

「その件では蚊帳《かや》の外に置かれています」

「おまえの立場を気遣うてのことやろ」

「もどかしいのですが、自分もそう思って我慢してます。それに、兄貴から詳しい経緯を教えられても、自分にできることは高が知れてます」

「中原はどんな話をした」

村上は、一瞬のためらいもなく、ありのままを話した。

眼前にある松原との親子盃がそうさせた。

話しおえたあと、言葉をたした。

「自分は、美山の兄貴を信じます。兄貴がおやっさんを慕う心は本物です」

「わかっとる。わいはあいつを疑《うたご》うたことなどない。四年前にわいが襲われ、おまえが撃たれたときも、わいは美山がかかわってるとは思わんかった」

「自分は……悩みました。兄貴を殺そうと考えたころもありました」

「その美山を、いまは信じるのか」

「はい」

声が弱くなった。

「疑うてもええ。それが人間や」

「おやっさんは疑ったことはないと言われました」

「自分にそう信じ込ませとる。そやさかい、あいつがわいを裏切り、拳銃《チャカ》をむけても、わいはあいつを怨まんと思う」

「自分にそこまでの器量はありません。兄貴に惚れていようと……」

「器量の問題やない」

松原が語気鋭くさえぎった。

「だまされようと、裏切られようと、己が信じてたら、それでええやないか。そうなれることのほうがはるかに大事や。惚れる男がひとりでもおるおまえは幸せ者や」

「はい」

「おまえは美山から離れるな」

「松原組が解散したときは、そうさせていただきます」

松原が眼を細めた。

「盃はそのままにする」

「ありがとうございます」

「その上での命令や。きょうからしばらく美山と行動せえ」

「どういう意味ですか」

「確かな意味はない。しいて言えば、美山を護れ。わいへの報告もいらん」

「兄貴に迷惑がられるかもしれません」

「美山にはわいが話しておく。この家をでたらまっすぐ美山のところへ行け」

「わかりました。命を賭けて兄貴を護ります」

「よし」

松原がひと声発し、続けて、姐の名を呼んだ。

庭から声が返ってきた。

コスモスの群れを背に、姐が立っていた。

美山の言葉を思いだした。

――大倉山の庭を眺めていると、伯父貴との縁があってよかったと思う――

村上もおなじ感慨を持つことがある。

「ギイチ」

姐に声をかけられた。

「はい」

「なにを食べよか」

コスモスの花がささやいたように感じた。

女房が駐車場まで見送ったのは結婚して初めてである。

朝早くから自宅に来た村上の険しい表情に悪い予感がしたのか、あるいは、自分がそういう顔つきになっているのか。

美山は、そんなことを思いながらも、無言で運転席に乗った。

女房が傍らに立ち、ほほえんだ。

美山は、ちいさく頷き、エンジン・キーをひねった。

坂道を走りだすと、助手席の村上が口をひらいた。

「いまごろ気づきました」

「ん」

「兄貴も乾分を連れてでかけないことを」

「にぎやかな夜の東門を、ひとりで颯爽と歩く松原の伯父貴は格好よかった」

「それで乾分になったのですか」

「まあな」

「自分も……」

村上が声を切った。

美山は、目的地に着くまで村上の顔を見なかった。

路肩に車を停めた。キーは差し込んだままにした。

「ここで待ってろ」

「それはできません」

「おまえのでる幕やない」

「兄貴から離れるなと……おやっさんの命令です」

「伯父貴のためにもじっとしてろ。おまえがついてきたらむこうが勘ぐる。それどころか、へたをすれば会談が中止になる」

村上が口をもぐもぐさせた。

美山は右手を伸ばし、村上の左脇にふれた。

「拳銃をのんでどうする気や」

「兄貴を護るためです」

「おまえに護ってもらうほどやわやない」

「けど……」

「つべこべぬかすな。ええか。きょうが最後の機会なんや。俺らの神俠会がどうなるか……これからの話し合いで、それが決まる」

「面倒にはなりませんか」

「ならん。話がまとまるかどうかはわからんが、血を見ることはない。俺は丸腰や。むこうも、このややこしい時期に面倒をおこすわけがない」

美山は、村上の肩をぽんと叩いて、車を降りた。

右手の兵庫県警察本部の建物をひと睨みし、そのむかいのビルに入った。

エントランスで、待ち受けていた男二人にボディチェックを求められた。

素直に応じた。

「気が済んだか」

「失礼しました」

エレベーターで三階にあがると、別の男に迎えられた。

「ご苦労様です。ご案内します」

「その前に、便所はどこや」

「はい。通路の右手にあります」

トイレにはひとりで入れた。

美山は、すばやく洗面台の下の扉を開けた。

紙袋から二十二口径の自動拳銃を手にとり、ベルトのうしろに差した。

けさ未明に侵入して掃除用具に紛れ込ませた。

東京や大阪ではオフィスビルの警備が厳しくなっていると聞くが、神戸のビルの大半はまだ無防備で、安全管理は杜撰《ずさん》だった。

ひとつ息をついたあと、四日前に訪ねた部屋のドアを開けた。

「おまえもご苦労なことやのう」

顔を合わせるなり、青田が声を張った。

となりにいる川島が油断ならぬ笑みをうかべた。

川島の同席を聞かされていなかったが、想定内のことである。

むしろ、望むところだ。

美山は、つとめて平静を装い、青田の正面に座った。

「事務局長の務めです」

「代行の伝書鳩と違うやろな」

「代行と話されたいのなら、ここにお呼びしましょうか」

「いらん」

青田がつっけんどんに言った。

美山は両手を膝にあてがった。

「きょうは詰めの話にきました」

「詰めとは何や。わいとおまえの二人で、なにが決まる」

「これからの道をつくります」

「ものははっきり言え。どんな道や」

「まずは代行の花道です。若頭が音頭をとって、飾ってやっていただけませんか」

「ほんまに引退するんか」

「ご本人はその覚悟をされてます。三代目の法要を仕切りおえれば……」

「法要とは関係ないやろ。引退の儀式が望みなら、盛大にやったる」

「法要を執り仕切る。ほかに、引退の花道はありません」

「あかん」

青田が語気を強めた。

「わいの顔が潰れる」

「代行には、来賓への挨拶で己の引退を宣言してもらいます。それなら、神俠会の内外に対し、代行の四代目襲名はないことを示せます」

「まわりくどいわ。わいが実行委員長を務めれば、跡目が誰か認知させられる」

「なにを焦ってますの」

「なんやと」

青田が気色ばんだ。

美山は顔を近づけた。

「一度だけ我慢すれば、めざわりな人がおらんようになりますのや。その我慢も、若頭の顔を潰すどころか、器量のおおきさを印象づけられるでしょう」

青田が手のひらで顎をさすった。まんざらでもないときの癖である。

「焦られてる理由は……警察の動きですか」

青田がどんぐり眼をひん剝いた。

川島の顔が強張った。

「おい」

青田が前のめりになる。

「おまえ、なにを摑んでる」

「警察の情報が洩れ聞えてきます」

青田の弱点は兵庫県警本部とのパイプが細いことだ。

中原によれば、青田組の本部が姫路にあり、青田が傲慢なこともあって、四課の連中は青田を毛嫌いしているという。川島は県警内部に人脈を持つが、現在進行中の内偵捜査の対象になっているので詳細な情報は入手していないだろうとも言った。

「中身を言え」

凄む青田を、川島がなだめた。

「うろたえるな。ただの威しだ」

「けど……」

「心配ない。県も市も、わたしには逆らえん。急所はしっかり握ってる。連中にわたしと刺し違える根性はない。それは、警察も……」

「あまいわ」

美山は、川島の声をさえぎった。

「あんたは先だって、時代の変化を気にしてたやないか」

「ずっと先のことだ」

「カネボケで周囲が見えんようになったか」

「なんてことを……」

「ええか。俺らの世界とおなじで、警察内部の風景も変わってきた。もうじき苔の生えたしがらみや腐れ縁は通用せんようになる。あんたは、県警の近代化への本気を世間に示すためのスケープゴートにされるのや」

「スケープゴート……」

川島の声に困惑の気配がまじった。

美山は畳みかけた。

「これまではマスコミも避けてきた圧力団体の、それも大物をパクればしめたもんや。警察も、あんたがキンタマを握ってるとほざく自治体も、戦後二十数年の間に積もった憂さ晴らしの、猛反攻に転じる。その準備はおわったようや」

「そんな話は聞いてない」

「ということは……内偵捜査までは知ってるわけか」

「うっ」

「半端な情報を摑まされて」

美山は、嘲るように言った。

青田が不安そうな顔を川島にむけた。

川島が首をふった。

「この男は交渉の条件を有利にしようと……」

「やかましい」

美山はどすを利かせた。

ひたすら攻めまくる。そう決めている。

「あんたが県警の誰とつながってるのかくらい承知の上や。県警本部の上層部もそのへんはきっちり把握してるそうな」

美山は、喋りながらも、眼の端で青田の表情を捉えていた。

あとすこしで青田が陥落しそうに思えた。

「俺は、神俠会のてっぺんの話をしとる。おまえは引っ込んどれ」

美山は、川島に止《とど》めのひと声を放ち、青田を見据えた。

「若頭はパクられることよりも、そのあとのほうが心配なのでしょう」

青田が額に皺を刻んだ。

美山はくちびるを舐めた。

強気に話していても不安だった。

川島への暴言は、安野の言葉が拠りどころになっている。

――青田のうしろに川島がおる……九条組との縁談も、そのあとの展開も、今回の一件にしても、絵図を描いたのはすべて川島や――

それが事実であれば、川島の口を封じることで青田の強気を挫くことができる。

そう考えた。

神侠会若頭としての青田の胸中は読めている。

青田の敵は、現在の松原と、近い未来の五十嵐である。

くわえて、警察の動向に怯えている。

そう読んだから勝負にでた。

退路も断った。

青田の返答しだいで異なる二つの覚悟も胆に据えてきた。

それでも話しているうちに息苦しくなった。

壁に掛かる時計の秒針の音が寺の鐘の音のように聞えだし、脈を乱した。

美山は空唾をのんでから口をひらいた。

「警察の動きは自分ひとりの胸に留めておきます」

「代行に話してないんか」

「ええ。いまのところ、そうするつもりもありません」

青田が天井にむかって息をついた。

美山は話を続けた。

「あさっての会議で、代行には引退を表明していただきます。同時に、跡目に関しては三代目の三回忌法要をめどに会議で諮ることも提言してもらいます」

夜を徹した末の、決め台詞だった。

逮捕された場合の不安をどうとり除いてやるか。

そのことに腐心した。

経済事案での逮捕であれば二、三年の懲役だろう。

そう推察し、三回忌法要を口にしたのだった。

「どうです。それで手を打っていただけませんか」

「代行を説得できるんか」

「なんとしても……失敗したら、この話を水に流せば済むことです」

「確認するが、おまえひとりで描いた絵図なんやな」

「そうです」

「ええやろ。ただし、代行の意思はあしたの夜までに報告せえ」

「青田さん」

川島が声をかけた。顔は不安にまみれている。

「あんたは黙ってろ。美山が言うとおり、これは神俠会のてっぺんの話や」

青田が睨んでも、川島は黙らなかった。

「そうはいかん。わたしとあなたは一蓮托生なのだ。もしも二人が逮捕されるならおなじ容疑ということになる。神俠会の人事には口をださないが、あの約束は……」

「わかってる。そっちの話はこれからや」

青田が視線を戻すや、美山のほうから話しかけた。

「なんのことです」

「栄仁会と手を切れ。そのうえで、整備計画のしのぎは川島さんと連携しろ」

「しのぎを分けるということですか」

「そこまでむりは言わん。互いのしのぎの邪魔をせん程度のことや」

「わかりました」

美山はわざと渋面をこしらえた。

栄仁会との連携を解消することも青田との交渉の道具のひとつだった。

松原の引退の花道をつくる。

いまはその一念で動いている。それができなければ、五十嵐や藤堂との連携どころか、神侠会のてっぺんと口にするのもおこがましい。

「段取りがすべてうまく運んだあかつきには褒美をやる」

青田がニッと笑い、ソファに背を預けた。

俺をとり込む作戦か。

美山はそう思った。

それも想定内である。

だが、どこまでも己が見くびられているようで、胸がふるえた。

前方の交差点で停まった車から黒ずくめの男があらわれた。

「あっ」

声が洩れたときはもう、村上は車のドアを開けていた。

近づいてくる男に駆け寄った。

「兄《にい》さん」

声をかけられた藤堂が眼をまるくした。

つぎの瞬間、村上は腕をとられ、美山が入ったビルの脇道に引っ張り込まれた。

「なんで、ここにおる」

藤堂の声には凄みがあった。

声だけではなく、眼光も身がすくむほどの迫力がある。

村上は足を踏ん張った。

そうしなければ、まともに眼を合わせられなかった。

「美山の兄貴のお供です」

「このビルにおるんか」

「はい」

藤堂の眉がわずかにはねた。

村上は焦った。悪い予感がする。

それが気を急かせ、声になった。

「本家の若頭と会われています」

「二人きりか」

「そうだと思いますが、部屋の持ち主が一緒かもしれません」

藤堂がちいさく頷き、わずかに首をかしげた。

「兄さんは……」

「俺を見たことは忘れろ」

「その前に教えてください。もしかして……」

声が沈んだ。悪い予感の中身を口にできなかった。

「ああ。青田を殺《や》る」

「……」

一瞬にして身体が固まった。

「おまえは動くな」

「そうはいきません」

「ぬかすな」

「兄さんを止めませんが、せめて若頭が表にでるまで待ってください」

「美山と一緒にでてくればおなじことや」

「どうしてもと言われるのなら自分も行きます」

「邪魔や」

「兄貴に報せます」

動きかけるや、首に太い腕が絡んだ。

脇腹に硬いものが押しつけられた。

「勝手なまねをさらせば、おまえを先に殺る」

「どうぞ」

村上は声を搾りだした。

「くそったれ」

藤堂が拳銃を懐に収め、右手で村上の身体にふれた。

腹に三十二口径の拳銃を抱いている。

「おまえは使うな」

「約束できません。兄貴を護るためなら……」

「どあほ」

藤堂が声を荒らげた。

「美山に拳銃《チャカ》はむけん。それより、おまえが手をだせば代行に迷惑がおよぶ」

声を発したときはもう藤堂が背をむけていた。

村上は横についた。

「どうして、ここに若頭がいるとわかったのですか」

「三十分前に連絡があった」

「若頭を見張っていたのですか」

返事はなかった。

「しかし……」


下見を済ませていたのだろう、藤堂の動きにむだはなかった。

ビルの外階段をあがり、四階の踊り場で足を止めた。

藤堂がジャンパーの内から拳銃をとりだした。

落ち着き払った手つきだった。

村上のほうは息が乱れている。

藤堂がかるくノックすると扉が開き、若者がでてきた。

顔を見たことがある。藤堂のボディガードの宮本だった。

藤堂が声をかける。

「見張りは」

「通路にはいません。青田若頭の乾分はとなりの部屋に控えているようです」

「三階の奥の部屋やな」

「はい。川島も一緒です」

「よし。おまえはここまでや」

「………」

宮本がくちびるを嚙んだ。

村上には彼の胸中が痛いほどわかった。

わかりすぎて、節介を焼きそうになる。

「行け」

藤堂が命じた。

宮本が階段を降りた。

藤堂と眼が合ったが、どちらも声をかけなかった。

ビルに侵入し、階段で三階に降りた。

階段にも通路にも人はいなかった。

村上はおおきく息をついた。

藤堂が足音を消すようにして奥の部屋へむかう。
ドアの前で、藤堂が眼で合図した。
村上はためらわなかった。
藤堂の覚悟のほどは肌で感じている。
右手に拳銃を持ち、左手でドアのノブを摑んだ。
藤堂が頷く。
ドアを引き開けた。
藤堂が飛び込む。
「藤堂っ」
「なんや、おどれ」
美山と青田の声がかさなった。
村上が足を踏み入れるや、銃声が轟《とどろ》いた。
中腰の青田が吹っ飛ぶようにしてソファに沈んだ。
藤堂が拳銃を構え直す。
村上も腰をおとし、両手で銃把を握った。
「待て」

美山が叫びながら、青田の盾になった。
「撃つな。おわったんや。話はついた」
「関係ない。どけっ」
藤堂が吠える。
背後で人の声がした。
隣室に控える青田の乾分が異変に気づいたのだ。
藤堂が引鉄を絞った。
美山が顔を歪め、前のめりになった。
青田の顔が覗いた。
すかさず、藤堂が三発目を発射した。
同時に、わめき声と靴音がおおきくなった。
「行くぞ」
藤堂に声をかけられたが、村上は動けなかった。
美山が気になった。
藤堂が部屋を飛びでる。
通路に複数の銃声が響いた。

「行け」

美山の声がした。

村上は、拳銃を握ったまま美山のほうへ駆け寄った。

直後、背に衝撃が走った。

「やめろ」

美山がわめいた。

「兄貴……」

よろけながら手を伸ばした。

美山が両手を差しだす。

村上が眼にしたのはそこまでだった。


「藤堂が美山を……」

五十嵐は声を切り、眼をつむった。

松原の一方的な話を聞きおえたところである。

まる二日間、医師と看護師のほかは、誰とも話してなかった。

弁護士でさえ接見を禁止されていたことを初めて知った。もちろん、藤堂が、青田と美山の会談場所に乱入し、青田を射殺したことも初耳だった。

松原によれば、警察は、五十嵐の病室にかぎらず、神俠会本部と幹部らの事務所および自宅は厳重に警備し、人の出入りを禁じているという。

県警本部の正面にあるビルでおきた銃撃戦だけになおさら、面子を潰された警察は総動員態勢で捜査と警備にあたっているそうだ。

藤堂は五発を撃ち、そのうちの二発が青田に命中、二発目は青田の眉間を割った。残る一発が美山の脇腹に、二発は青田の乾分にあたった。

無傷の川島や青田の乾分らの証言と、現場検証でそう断定された。

青田は即死で、美山と、青田の乾分に刺された村上は病院に搬送された。

「おそらく、美山が青田の盾になったんやろう」

「あほなことを……」

「あいつらしいわ」

松原の声にはぬくもりがあった。

「病院にいるのですか」

「ああ。面会はできんが、命に別条はない。ギイチも助かりそうや」

五十嵐は息をついた。

肺が、いや、身体が萎んでしまいそうだ。

連携すると決めた二人の片方が、もう片方を撃った。

その事実を受け容れられないでいる。

「わいらは極道や。世間の常識どおりには事が運ばん」

松原の声に力がこもった。

それで、五十嵐は気持ちを持ち直せた。

松原の心中は自分の比ではないだろう。

情愛を注いだ美山と、かわいがっていた村上が負傷したのだ。

しかも、神俠会が過去最大の難局を迎えるはめになった。

こうして自分に対し冷静に話していることが不思議に思えるほどである。

すこし冷静さをとり戻すと、幾つかの疑念が湧いてきた。

そのひとつが声になった。

「藤堂はどうして逃げたのですか」

「さあな」

「高木を殺したときは自首したのに」

「たしかに。けど、おかげで、谷口は命拾いしてる」

「命拾い……谷口さんの指示なのですか」

「本人は否定したが、執行部の皆が関与を疑《うたご》うてる。谷口と藤堂の絆の深さを知ってるからな。ただし、おとといもきのうも会議で谷口を追及する者はおらんかった。理由のひとつは藤堂が破門の身であること。もうひとつは、誰もが藤堂を恐れてる。なにしろ、事務局長を殺《や》り、若頭の命まで獲った狂犬や」

「代行も谷口さんの関与を疑ってるのですか」

「谷口の命令なら、藤堂は己の頭を撃ちぬいて、事実を闇に葬ったやろ」

五十嵐は頷いてみせた。

そのとおりだと思う。

それでも幾つかの疑念が残るけれど、それらを口にしようとは思わなかった。

三人の連携は夢と消えた。

藤堂の復縁の芽は完全に潰《つい》えた。それどころか、生きているかぎり、青田組に命を狙われる立場になった。

美山との約束も無になった。

それらの事実が雑念を押し潰すほど重くのしかかっている。

「時間がないさかい、本題に入る」

松原の声が強くなり、眼光が増した。

「これから会議をやるが、おまえの意思は俺に預けてくれ」

「返事をする前に、代行の考えを聞かせてください」

「神俠会を護りぬく。そのために最善の策を打つ」

「執行部の決定に関係なく、青田組は報復に走るでしょう」

「させん。どうしてもやるというなら処分する」

「そこまで……極道者としての筋目はどうなるのですか」

「おまえとは状況が異なる」

松原が眼で笑った。

五十嵐は、自分が九州に暗殺隊を送り込んだのを察しているように感じた。

「片方が破門の身とはいえ、実質的には身内の喧嘩や。神俠会はそれ自体を禁じとる。まして報復による内紛拡大などもってのほかや」

「執行部はひとつにまとまりますか」

「まとめる。美山の労に報いるためにもな」

五十嵐は、美山の名がでたので疑念のひとつを口にした。

「美山と青田の話し合いはどう決着がついたのでしょうね」

「いずれわかる。川島がべらべら喋ってるそうな。あいつは警察に狙われてたさかい、すこしでも自分に有利な展開を望んでるのやろ」

「美山はどうなのです」

「あいつは警察に協力せん。わいにも話さんかもしれん」

「美山とギイチはパクられるのですか」

「いや。警官が来る前に二人の拳銃は青田の乾分が運びだしたそうな」

「よかった。で、三代目の法要はどうされるのですか」

「やる。事実は内輪揉めでも、対外的には無頼の徒による凶行……それでとおす。勝手な想像やが、藤堂もそれを意識して、復縁の話がまとまる前に動いたんやろ」

「なるほど……わかりました。自分の意思は代行にお預けします」

松原がおおきく頷いた。

「この先の道筋はわいがつくる。やれるかどうかわからんが、全力を尽くす」

「できなかったときはどうなるのです」

「おまえを敵にまわすはめになるかもな」

松原が笑った。

さみしそうな眼の光に、胸がふるえた。

「冗談や」

「よろしくお願いします」

「おう。いずれにしても、会長代行としての務めは三代目の法要までや。そのあとは、おまえが神俠会を束ねろ」

「むりです」

「どあほ。あまえたことをぬかすな」

「自分は、なにひとつ手を汚していません。美山も藤堂も己を賭しているのに……」

「汚れてない……それがおまえに期待する最大の理由や。おまえと美山と藤堂の、極道者としての器量は互角と見るが、おまえには運がある。運の容量が二人と違う」

「そんな曖昧なもので片づけられるのですか」

「そうせんと、生きてられん。誰かの悲運があるから、誰かの好運がある。神俠会の危機を乗りきるために、好運の男に組織を託すのも一策やと、わいは思う」

自分のどこが好運なのか。

五十嵐はとまどった。

極道者としては、美山や藤堂のほうがはるかに好運の持ち主のように思える。

二人は己の信念に従い、極道者として生きてきた。

自分は、西本勇吉に護られ、己の手を血で汚すこともなく生きてきた。

藤堂の出所を機に、ようやく戦機に望む覚悟ができたというのに、連携に至る寸前で暗殺者に襲われ、この危機的状況も病室で傍観する体《てい》たらくである。

ドアが開き、中原が顔を覗かせた。

松原との面談は彼の手配による。

「ここをでる前に、性根を据えろ」

松原が言い置き、背をむけた。

——わからないよ——

唐突に、新田の声がした。

なにもわからないまま生きてきたのは自分である。

そのことはわかっている。

昭和五十二年の冬只中、安野が言う巨大なゴミ箱は二つに割れた。

青田射殺事件のあと、神俠会執行部は侃侃諤諤《かんかんがくがく》の議論の末、松原を会長代行に据え置いたうえで、主流派の佐伯を会長代理、反主流派の大村を若頭とし、若頭補佐の矢島、谷口、五十嵐、事務局長の美山を加えた七名で新執行部を形成することを決めた。

ところが、故三代目の姐がこれに反撥した。

青田を襲撃した藤堂は谷口の元身内で、藤堂に同行した村上は松原組幹部だから、主流派を軸に新執行部を形成するべきと強く主張したのだった。

本音が松原はずしにあったことは幹部の誰もが気づいていた。

しかし、三代目姐の意思を無視するわけにはいかず、決定事項は白紙に戻った。

その一か月後、佐伯が本家直系若衆に召集をかけ、神俠会は佐伯会長代行、五十嵐若頭を軸に執行部を運営すると宣言した。

その場には三代目姐と誠和会の清水会長が見届け人として同席したが、新体制の陣容を事前に知っていた松原と美山、大村と谷口は欠席した。

さらにひと月が経ち、松原は神俠会離脱を決意、大村ら反主流派と穏健派の一部と共に一神会なる組織を興し、松原理事長、大村副理事長、美山若頭が誕生した。

一神会発足の日の未明、藤堂が生田署に自首した。

かくして、神戸の闇に二つの神が存在することになり、兄弟分の五十嵐と美山は、それぞれの組織の要として敵対する関係になった。

この作品は書き下ろしです。原稿枚数628枚（400字詰め）。
作中に登場する人物・組織は架空のものです。
JASRAC　出1305884-301

義友《ぎゆう》 男《おとこ》の詩《うた》

浜田《はまだ》文人《ふみひと》

平成25年6月15日　初版発行
令和2年2月28日　2版発行

発行人――石原正康
編集人――永島賞二
発行所――株式会社幻冬舎
〒151-0051東京都渋谷区千駄ヶ谷4-9-7
電話　03(5411)6222(営業)
03(5411)6211(編集)
振替00120-8-767643
印刷・製本―株式会社 光邦
装丁者――高橋雅之

幻冬舎文庫

ISBN978-4-344-42030-4　C0193　は-18-9

幻冬舎ホームページアドレス　https://www.gentosha.co.jp/
この本に関するご意見・ご感想をメールでお寄せいただく場合は、
comment@gentosha.co.jpまで。